ÚRSULA: PESADELOS NO FUNDO DO MAR

VERA STRANGE

Universo dos Livros Editora Ltda.
Avenida Ordem e Progresso, 157 — 8º andar — Conj. 803
CEP: 01141-030 — Barra Funda — São Paulo/SP
Telefone/Fax: (11) 3392-3336
www.universodoslivros.com.br
e-mail: editor@universodoslivros.com.br
Siga-nos no Twitter: @univdoslivros

VERA STRANGE

ÚRSULA: PESADELOS NO FUNDO DO MAR

São Paulo
2021
Grupo Editorial
UNIVERSO DOS LIVROS

Part of your nightmare

Design by Lindsay Broderick

Diretor editorial: Luis Matos

Gerente editorial: Marcia Batista

Assistentes editoriais: Letícia Nakamura e Raquel F. Abranches

Tradução: Paulo Cecconi

Preparação: Nilce Xavier

Revisão: Alessandra Miranda de Sá e Marina Takeda

Adaptação de miolo e capa: Renato Klisman

Dados Internacionais de Catalogação na Publicação (CIP)
Angélica Ilacqua CRB-8/7057

S89u Strange, Vera
Úrsula : pesadelos no fundo do mar / Vera Strange ; tradução de Paulo Cecconi.
-- São Paulo : Universo dos Livros, 2021.
160 p. : il. (Disney Chills ; vol 1)

ISBN 978-65-5609-112-9
Título original: Part of your nightmare

11. Ficção infantojuvenil norte-americana 2. Horror I. Título II. Cecconi, Paulo III. Série

21-3457 CDD 813.6

Os sonhos que você mais TEME vão se tornar realidade.

1

SOB O MAR

A água gelada envolveu Shelly assim que ela mergulhou.

Afundou no que parecia uma floresta de algas. O que estava acontecendo? Aonde estava indo? Finalmente, foi jogada na penumbra de uma caverna subaquática.

Shelly prendeu o fôlego e começou a nadar, sem saber aonde ia, apenas que precisava encontrar uma saída, que precisava de ar. Mas as algas se agarravam aos seus pés e a impediam de fugir.

— *Vá embora, saia daqui!* — ouviu uma vozinha aguda e dolorida, nítida como a luz do dia, mesmo a tantos metros debaixo d'água.

Shelly olhou para baixo e viu *rostos* nas algas. E, bem quando estava quase sem ar, com o coração cada vez mais acelerado, percebeu que não eram algas, mas criaturas ressequidas e cinzentas, com olhos pálidos e bocas abertas e retorcidas. Não eram nada que já houvesse estudado no aquário, mas era impossível que tivessem falado. Devia ter sido sua imaginação.

E, nesse momento, Shelly foi engolfada por uma corrente e sugada para baixo.

Tentou nadar contra, mas era forte demais. Os pulmões doíam, estavam prestes a explodir.

De repente, uma enorme bola de cristal começou a se formar em volta de si, e ela abriu a boca em um grito silencioso. Mas então a água foi drenada para fora e ela conseguiu respirar, engasgando e cuspindo, enquanto batia na redoma.

— Socorro! Me deixe sair daqui! — gritou. Tudo estava distorcido através do vidro. Quase não conseguia ver a caverna subaquática. Garrafas de vidro preenchiam as paredes irregulares, e era possível vislumbrar anêmonas brilhantes e os olhos daquelas... *coisas.* Shelly levou um enorme susto quando algo enorme, bulboso e escuro passou nadando. *O que foi isso?*

— Perdeu alguma coisa, meu bem? — A mesma voz profunda e forte que ouvira no quarto do irmão emanava do canto escuro da caverna. — Tão ingênua! — Um tentáculo escuro lançou-se das sombras e envolveu o cristal. Shelly se encolheu, dominada pelo medo.

— O-o que você quer? — sussurrou

TRÊS DIAS ANTES...

2

#CANUDOSNÃO

— Aproximem-se e prestem atenção, alunos!

O Sr. Aquino tentava reunir a turma, um grupo bagunceiro de alunos da sexta série do ensino fundamental da Escola Baía de Tritão, em torno da exibição principal do aquário. Voltou a erguer a voz quando as conversas paralelas diminuíram, pelo menos um pouco.

— Então, quem sabe me dizer o nome *deste* animal marinho? — perguntou, enquanto apontava para uma enorme e elegante criatura que nadava pelas agitadas águas azuis.

Antes mesmo que Shelly pudesse perceber, levantou a mão:

— Tartaruga-de-couro.

— Muito bom, Shelly — respondeu o Sr. Aquino. — E por que tartarugas comem sacolas plásticas?

— Porque são uns peixes burros! — Normie Watson disse, provocando risadas.

— Na verdade, elas não são *peixes.* São *répteis* — disse o Sr. Aquino em tom de reprovação. — E *não são* burras. Na verdade, são muito espertas! Então, mais alguém?

Secretamente, Shelly ficou feliz de ver Normie ser censurado pelo professor. *Bem feito pra ele!* Observou a tartaruga passar pelo navio pirata afundado e pelo baú de tesouros que decorava o ambiente marinho falso. Ela deu a volta por um tridente enferrujado cheio de cracas, a principal peça da exibição, cravado na areia branca brilhante. De repente, um enorme tubarão-de-recife apareceu atrás do Sr. Aquino.

— Cuidado! — Normie gritou e apontou para a enorme mandíbula, cheia de dentes. A turma emitiu suspiros e risadas. — O megalodonte acabou de tentar comer a cabeça do Sr. Aquino!

Como se alguma coisa pudesse atravessar o vidro, Shelly pensou. Ergueu a mão novamente, já que ninguém tinha respondido à pergunta, e o Sr. Aquino apontou para ela.

— Porque tartarugas confundem sacolas plásticas com águas-vivas, sua principal fonte de alimento.

— Acertou de novo, Shelly — o Sr. Aquino sorriu para a aluna enquanto os demais resmungavam.

Kendall, a nova melhor amiga de Shelly, olhou para ela e disse uma só palavra: *Nerd.* Attina e Alana — que também faziam parte do grupo de amigas — riram. Kendall tinha longos cabelos loiros que lhe caíam sobre os ombros como se fossem os de uma propaganda de xampu, e olhos azul-esverdeados, da cor do mar. As gêmeas eram idênticas: cabelos cacheados ruivos num corte bob assimétrico e olhos castanhos. As três se vestiam da mesma maneira, em trajes esportivos da loja Para Sempre, que fica no centro da Baía de Tritão, a pitoresca cidade litorânea onde moravam. O trio também bebia café gelado em copos de plástico descartáveis com dois canudos em *cada.* As bochechas de Shelly ferviam de vergonha.

Eu não devia ter levantado a mão, pensou. Era um instinto difícil de superar.

Alunos populares tinham mais aversão a *nerds* do que a peixe podre. Desde que tivera de mudar de escola no início do ano letivo, quando a mãe havia levado toda a família, que incluía Dawson, seu irmão mais novo, da antiga e enorme casa à beira do oceano, para a casa na cidade, na área que ficava no limite do canal, Shelly levara muitos meses para fazer novos amigos.

Até que, em um glorioso dia, Kendall convidou Shelly para se sentar com o grupo durante o almoço. Ela rapidamente se tornou amiga das três depois daquele dia. E *nada* arruinaria sua felicidade em relação às novas amizades, nem o fato de que seu pai havia saído de casa e se mudado para aquele apartamento encardido, com tapetes manchados que sempre tinham cheiro de óleo de lanchonete, ou que o peixinho do irmão, o Sr. Bolhas, tinha morrido e sido jogado na privada na semana passada. *Nada* era pior do que não ter amigos.

— Bom trabalho, Shelly — elogiou o Sr. Aquino com uma piscadela, tirando a garota de seus pensamentos.

— *Bom trabalho, Shelly* — Normie zombou. — *É claro* que ela sabe tudo sobre peixes.

Todos sabiam que os pais de Shelly eram donos do aquário da Baía de Tritão. Um ano antes, ela e o irmão adoravam ir ao trabalho dos pais aos finais de semana, seguir a mãe enquanto ela organizava os horários de alimentação e administrava as equipes, ou ficar com o pai no escritório enquanto ele pagava contas e cuidava da relação dos visitantes.

Agora os dias em que ambos os pais trabalhavam no aquário ao mesmo tempo haviam acabado.

O Sr. Aquino conduziu a turma até o próximo tanque da visita, e Shelly viu seu reflexo na vidraça do tanque. Tinha longos cabelos escuros e ondulados, com reflexos loiros por causa dos longos períodos que tinha passado no deque externo do aquário enquanto alimentava golfinhos. As sobrancelhas e os olhos eram mais escuros do que a pele morena. O que mais gostava em sua aparência eram as pernas longas e fortes, que a ajudavam a nadar rápido.

A luz do sol atravessava as águas e projetava sombras estranhas nos alunos. Shelly não precisava olhar para as placas ilustradas para saber quais eram os animais em exibição: lagostas, arraias, barracudas e enguias-manchadas-do-jardim. As lagostas, que pareciam enormes insetos vermelhos com antenas, passeavam pelo fundo do tanque, repleto de corais e esponjas marinhas.

O Sr. Aquino ergueu um canudo de plástico:

— Quem pode me dizer o que é *isso*?

A pergunta fácil causou risadas. Todos riram, menos Shelly, que, desta vez, não ergueu o braço. Não queria arriscar ser chamada de *nerd* por Kendall outra vez.

— Hããã, tá na cara que é um canudo — Normie respondeu. — Tirei um dez por essa?

A turma caiu na gargalhada.

As esponjas marinhas *aqui do aquário são mais espertas que Normie,* Shelly pensou e sacudiu a cabeça.

— Não é um canudo *qualquer* — disse o Sr. Aquino, ignorando a pergunta de Normie. O professor, então, sacudiu o canudinho, sinal de que tinha ativado seu modo entusiasmado. — É um canudo plástico que foi encontrado na praia esta manhã. — Ele fez uma pausa para causar efeito dramático. — Sabiam que noventa por cento das aves marinhas e cinquenta por cento das tartarugas marinhas são encontradas com plástico no estômago?

Shelly sentiu uma bolota na garganta. Ela *sabia* que sim. Como não saberia? Era a líder do Clube de Cuidados e Conservação do aquário. Tinha conversado com o Sr. Aquino no início do ano letivo sobre levar o clube para a escola. Mas isso havia sido antes de fazer amizade com Kendall.

— Esse canudo parece inofensivo — continuou o professor e apontou para a exibição, onde uma arraia sorridente flutuava serenamente atrás do vidro. — Mas não é piada. Esse canudinho pode matar uma espécie ameaçada de extinção, como a tartaruga, ou *envenenar* nossos preciosos oceanos.

— O ataque dos canudos assassinos — Kendall sussurrou e balançou a bebida gelada com dois canudos na direção de Attina e Alana. — Cuidado! São canudos assassinos! — acrescentou e deu um peteleco na ponta dos canudos.

Attina e Alana riram da piada e tomaram um gole dos cafés gelados.

Shelly se sentiu envergonhada pelas amigas e com pena do Sr. Aquino.

O professor desistiu.

— Certo, vocês têm duas opções: exibição dos golfinhos ou loja de presentes.

Todos se esgoelaram para gritar: Loja de presentes! Shelly não abriu a boca. Queria visitar os golfinhos, ver os alimentadores jogar um peixe para Sassy e Salty e talvez colocar a mão no tanque e fazer carinho em Li'l Mermy, o golfinho mais jovem do tanque... Teria que ficar para outra hora.

Faça parte do grupo, custe o que custar, repetiu a si mesma e acompanhou as novas amigas.

— Fala sério — Kendall disse ao grupo e deu um gole barulhento no café pelos dois canudos ao mesmo tempo. — Primeiro, cancelam as sacolas plásticas, e agora querem que eu deixe de usar canudos? Não, obrigada.

— Ai, nem me fala — Attina disse, enquanto mexia na fita de cabelo brilhante, que combinava perfeitamente com a da irmã; a única diferença era que a de Attina era rosa e a de Alana era azul. — Quem se importa com esses peixes velhos e chatos?

— *Hashtag* MT — Alana acrescentou. — Morrendo de tédio. — E deu um gole no café.

— Isso é... chato demais — Shelly resmungou. Embora fosse o oposto do que realmente sentia.

— Nem fala — Kendall disse, com um sorriso. — Shells, a gente ama essa sua cabecinha de sabe-tudo.

Alana e Attina riram do comentário.

Shelly não sabia como reagir, então, apenas sorriu:

— Obrigada, acho...

As garotas foram seguindo atrás da turma, a caminho da loja de presentes do aquário. Shelly olhou para a entrada que levava até a exibição principal e viu o novo sistema de alarme e segurança instalado na porta. Tinha ouvido o pai conversar com um policial ao telefone sobre alguém que tinha tentado invadir o aquário várias vezes nas últimas semanas.

Só que não conseguiu mais ver a entrada, pois as amigas entraram em um corredor estreito e escuro, com as laterais enfileiradas por escotilhas. Só conseguiam enxergar a luz distorcida filtrada pelas águas e criaturas marítimas. Essa era a parte favorita de Shelly. Kendall a cutucou com o cotovelo.

— Ei, quem é *ele*? — perguntou ao erguer as sobrancelhas.

Shelly seguiu o olhar até um garoto que parecia ter a idade delas e que guiava um grupo de turistas que passou pelas garotas no corredor. Tinha cabelos cacheados escuros e olhos verdes da cor do oceano. Ele sorria e falava com entusiasmo, enquanto apontava para a água-viva que girava e rodopiava em uma graciosa dança subaquática. Os corpos transparentes brilhavam com bioluminescência dentro da enorme escotilha.

— Ah, é só o Enrique. — Shelly deu de ombros.

— *Só* o Enrique — Kendall disse, em tom zombeteiro. — Mas que gato.

— *Muito* gato — Attina e Alana disseram ao mesmo tempo.

Shelly estudou a expressão dele e tentou perceber o que Kendall, Attina e Alana viam. Mas tudo o que via era um rapaz amigável que compartilhava seu fascínio pela vida marinha. Todos no aquário eram uma grande família, inclusive Enrique. Não conseguia pensar nele de outra maneira.

— Seu irmão mais velho, Miguel, está na faculdade — Shelly disse. — Ele estuda Biologia Marinha e é voluntário aqui para o estágio de outono. Às vezes, Enrique vem junto para ajudar. Ele é meio bobo. É tipo um *nerd* — acrescentou. As últimas palavras escaparam.

— Um *nerd*, é? — Kendall perguntou e fez cara de nojo.

— Esquece.

De repente, algo gelatinoso nadou até a escotilha atrás da cabeça de Kendall. Moveu-se como uma aranha gigante, só que mais rápido, avançou pela água e bloqueou a luz.

Attina soltou um grito agudo e deixou o copo cair. Alana apontou para a escotilha.

— Kendall, cuidado! — E, bem naquela hora, um tentáculo viscoso disparou em direção ao vidro.

3
Polvo Rainha

— Tirem esse monstro nojento daqui! — Kendall gritou e se afastou da escotilha com um salto para trás, sem perceber que apertava o copo plástico com café. A tampa do copo estourou e o café espirrou em toda sua regata rosa e calças de ioga de grife, manchando o traje inteiro com um tom marrom leitoso. Attina e Alana gritaram novamente e se afastaram do vidro, o que assustou Shelly mais do que o tentáculo ou a criatura marinha a quem pertencia.

— Está tudo bem — Shelly as acalmou. — É a Queenie, nosso polvo gigante do Pacífico. Ela é inofensiva...

Outro tentáculo bateu na escotilha, e as garotas gritaram novamente. Menos Shelly. Então, Queenie lançou uma espessa nuvem de tinta preta e disparou para dentro dela; seu enorme corpo foi engolido pela escuridão que ela mesma havia desencadeado. Queenie desapareceu causando a mesma surpresa de quando havia surgido.

Kendall apontou a unha bem cuidada para a escotilha.

— *Inofensiva?* Essa *coisa* me atacou!

— Na verdade, é ela quem tem medo de você — Shelly saiu em defesa de Queenie, como se fosse uma velha amiga. — Polvos soltam tinta apenas quando sentem medo. É assim que escapam...

— Olha o que isso fez comigo — Kendall a interrompeu, apontando para as roupas manchadas. — E, caso não tenha percebido — disse fulminando Shelly com o olhar —, eu podia ter me ferido gravemente.

Shelly mordeu os lábios. Não entendia como uma mancha de café gelado podia ferir alguém seriamente. Olhou de volta para a escotilha, onde a água ainda estava manchada pela tinta, e imaginou que talvez Queenie tivesse tentado alertá-la sobre suas novas amigas, mas ignorou o pensamento.

Kendall bateu contra o vidro da escotilha, o que Shelly sabia que era contra as regras do aquário.

— Você ouviu isso, seu monstro grande e feio? — Kendall disse a Queenie. — Vou registrar uma reclamação na escola. Tomara que cancelem esta excursão idiota ano que vem.

Shelly sentiu o estômago revirar. Excursões escolares eram o ganha-pão da família. Dependiam disso para que o aquário funcionasse e para colocar alimentos nos tanques e na mesa de casa. Aquele era o dia em que todas as escolas locais compareciam ao aquário. Era praticamente feriado na cidade. Shelly viu estudantes da Escola Elementar Rio Pequeno passear por uma exposição do outro lado da sala — e viu uma silhueta familiar emoldurada pelo tanque: a de Judy Weisberg.

Judy estava cercada de outras nadadoras da Equipe Rio Pequeno — nadadoras *rivais*.

Judy era alta para sua idade e se destacava das colegas de classe. Os cabelos pretos e cacheados eram curtos, melhor para colocar dentro da touca de natação. Seu rosto bronzeado exibia uma constelação de sardas que salpicavam suas bochechas. Ela devia ter nadado durante todo o verão para se preparar para a temporada, Shelly pensou, carrancuda. Entre a separação e a mudança, Shelly mal tivera a chance de colocar os dedos dos pés na água, muito menos treinar.

As amigas de Judy riram e apontaram para Shelly, que sentiu as bochechas esquentarem mais uma vez. Quando Judy a encarou, sorriu com desdém. No ano anterior, Shelly havia perdido para Judy nos cinquenta metros livres nas regionais. *Feio.* E Judy não a deixaria esquecer.

— Este aquário é o *pior*! — Kendall continuou, alheia ao que tinha acabado de acontecer entre Shelly e Judy. Attina e Alana tentavam, desesperada e cautelosamente, remover a mancha de café das roupas de Kendall.

Shelly desviou o olhar das nadadoras de Rio Pequeno. Precisava voltar sua atenção para Kendall. Bastaria uma reclamação formal para acabar com tudo. E uma reclamação formal de Kendall *Terran* seria a pior possível. A família dela praticamente mandava na Baía de Tritão. A mãe era membro do conselho da cidade e o pai era o presidente da Associação de Pais e Professores. Se Kendall cumprisse a ameaça, a escola poderia cancelar a excursão anual e outras escolas locais poderiam fazer o mesmo.

Shelly precisava dar um jeito de consertar a situação, pelo bem da família.

— Adivinha só — ela disse, enquanto forçava um sorriso. — Tem uma nova cafeteria na lanchonete. Meu pai instalou para aumentar o público.

— Espressos? — Attina se empolgou.

— Latte? — Alana participou, com os olhos arregalados. — Mochas?

— Sim, sim e sim — Shelly respondeu com orgulho. — E o melhor: nessa época do ano, fazem um café com leite aromatizado *da hora*. E é dose dupla! — Sorriu para cada uma das amigas.

Agora tinha toda a atenção de Kendall. Mesmo assim Kendall fez uma careta.

— Afff, mas não tenho mais limite no meu cartão de crédito.

Shelly enfiou a mão no bolso e sentiu as notas e moedas soltas. Na verdade, o dinheiro não era dela; pertencia a Dawson, seu irmão de seis anos. Ele tinha vendido limonadas em uma barraquinha o verão inteiro para economizar, e, antes de ir para a escola naquela manhã, ela havia prometido comprar um novo peixinho dourado para substituir o Sr. Bolhas. Enquanto contava o dinheiro, percebeu que não era suficiente para comprar café para suas amigas e um novo peixinho dourado para Dawson. Um novo peixinho dourado, porém, não deixaria suas amigas felizes.

Shelly forçou outro sorriso e pegou o dinheiro de Dawson:

— Café por minha conta!

— *Hashtag* a vida é booooa — Alana celebrou e levantou o punho.

— *Hashtag* dose de cafeína — Attina cantarolou e cutucou o ombro de Shelly.

— Shelly salvou o dia — Kendall concordou, engatou seu braço com o de Shelly e a puxou em direção à lanchonete. — Eu estava quase caindo de sono nessa excursão. Você é uma salva-vidas.

Pouco tempo depois, Shelly e suas amigas pediram seus cafés aromatizados no balcão e foram para o deque tomar ar fresco enquanto os colegas de classe faziam a festa na loja de presentes. Shelly viu Normie enfiar um cheeseburger inteiro na boca e se sentiu enjoada. Pior ainda, ele fez um biquinho para ela, como se mandasse um beijinho.

— Shells, você *tem* que usar dois canudos para beber — Kendall explicou. — É muito melhor.

Shelly não usava tampa nem canudo e bebericava direto do copo — ou, melhor ainda, trazia seu próprio copo de metal reutilizável *e* canudo de metal reutilizável, que limpava com uma escova de cerdas longa e fina. Pegou os dois canudos de Kendall, ainda embrulhados em papel.

— Ah, obrigada — agradeceu, tentando parecer descolada, como se usasse dois canudos o tempo todo. Sentindo-se levemente culpada, tirou o papel e enterrou os canudos na tampa de plástico, o que causou um som estridente. Podia ouvir a voz anasalada do Sr. Aquino ecoar dentro de sua cabeça: *Este canudinho pode matar um animal ameaçado de extinção como a tartaruga — ou envenenar nossos preciosos oceanos.*

Porém, ignorou o pensamento e tomou um gole da bebida. O café gelado invadiu sua boca muito mais rápido por causa dos canudos, e a bebida açucarada tinha gosto amargo e ácido em sua língua, o que a fez tossir.

— Que fofinha — Kendall disse com uma risadinha, enquanto Attina e Alana estavam ocupadas com os cafés, e seus copos já estavam quase no final. Mas então Kendall disse: — Não se preocupe. Você se acostuma.

— *Hashtag* melhores amigas pra sempre! — as gêmeas cantaram e ergueram os copos para brindar a Shelly.

— *Novas* melhores amigas! — Kendall passou um braço sobre os ombros de Shelly e ambas encostaram os copos um no da outra, como em um brinde.

Shelly se deleitou com as palavras de Kendall. Finalmente tinha amigas de novo. E, melhor ainda, eram as garotas mais legais da escola. Shelly nunca tinha sido popular e percebeu que gostava de estar no topo da cadeia alimentar escolar, como um predador alfa.

Kendall, Attina e Alana beberam tudo e jogaram os copos em uma lata de lixo ecológica. Shelly decidiu beber seu café lentamente, aos golinhos. Não ia conseguir engolir tudo de uma vez. Finalmente, chegaram ao deque para tomar ar fresco.

— Olha só! Não é legal aqui? — Shelly perguntou.

Embora não fossem nem cinco horas, já estava escurecendo. O pôr do sol tingia céu e oceano com tons coloridos e brilhantes. Shelly examinava os tanques a céu aberto. A água espirrava sobre a barreira espessa e se misturava com as infinitas águas escuras do Pacífico. Era uma característica única do aquário, que permitia o abrigo de animais maiores, como as baleias-beluga. Shelly viu uma delas emergir à superfície e borrifar ar para fora de seu respiradouro como um suspiro de alívio.

— É, tipo, totalmente bizarro. — Kendall franziu a testa para o oceano. — O que tem por lá?

— Todos os tipos de criaturas legais! — Shelly respondeu. — Quero dizer, pra quem gosta desse tipo de coisa.

— Peixes assustadores e nojentos? — Kendall disse com desdém. — Hããã... não, obrigada.

Shelly se virou para olhar as ondas e tentou não se contorcer. Um vento morno passou por suas tranças, e o ar salgado era como perfume para ela. Não podia deixar as amigas descobrirem quanto amava o oceano, ou que o deque era seu lugar favorito.

Shelly viu Judy Weisberg e suas amigas do outro lado do deque; elas observavam o grupo de golfinhos com um dos funcionários do aquário, que jogava peixes na boca aberta dos animais.

— Saquem só a Rio Pequeno — Kendall disse, apontando para elas.

— Ei, vocês ouviram as novidades sobre a disputa de natação amanhã? — Attina sussurrou.

— A treinadora Greeley disse que vamos ganhar uniformes novos! — Alana bateu palmas.

— Sim, daí podemos vencer Rio Pequeno com estilo — Attina riu com a irmã gêmea.

— *Uniformes* novos. *Temporada de natação* nova — Kendall disse. — Mas *uma* coisa não vai mudar.

— O quê? — Shelly perguntou e, ao mesmo tempo, evitou o olhar desagradável de Judy. Ela estava animada para a primeira disputa na escola nova, mas ainda mais animada pela nova chance de derrotar Judy Weisberg. A equipe de natação não era brincadeira. Elas praticavam com muito mais frequência do que a equipe de sua escola antiga.

Depois das aulas, todos os dias, elas se encontravam em uma grande piscina coberta, onde a treinadora Greeley passava exercícios depois das voltas de aquecimento. Era por isso que Shelly não tinha começado o Clube de Conservação e Cuidados na escola. Bem, esse era um dos motivos.

— É *óbvio* que eu ainda vou ser a número um — Kendall disse com um sorriso.

— Ah! Total — Shelly disse. Claro que Kendall era a nadadora mais rápida. Na escola antiga, que era muito menor, Shelly era a mais rápida. Mas elas praticavam em uma piscina ao ar livre ou no oceano. Na piscina interna era diferente. O cheiro do cloro era mais forte, a água era parada demais. Nenhuma brisa soprava e não havia correntes que a ajudavam a chegar até a linha de chegada. Ainda não tinha se acostumado ao treino na piscina interna. Kendall sempre ficava com várias voltas de vantagem nos treinos, mas Shelly estava determinada a se esforçar mais. Estava acostumada a ser um peixe grande em uma lagoa pequena, mas, na escola nova, ela era um peixinho em um lago enorme. Sem mencionar que Judy Weisberg ainda era muito melhor.

— Total — Alana repetiu. — Ninguém bate a sua braçada, Kendall.

— Total, Kendall. Você é a melhor nadadora na Baía de Tritão, de longe — Attina acrescentou.

— Sem dúvida! E ser a melhor nadadora também significa ser a mais popular — Kendall disse. — Temos que vencer Rio

Pequeno e o Troféu Regional Litorâneo este ano. Meus pais prometeram dar a maior festa do mundo se a gente vencer!

Se isso fosse verdade, Shelly não estava nem perto de estar na lista das garotas populares.

Enquanto as amigas continuavam a conversar sobre a grande competição de natação do dia seguinte, Shelly balançava seu café com leite gelado, caminhando até a passarela ao longo da barreira que separava os tanques do aquário do mar aberto, quando algo na água chamou sua atenção. Ela escalou a plataforma elevada a poucos metros sobre o mar e olhou para as ondas azul-escuro que se agitavam abaixo. Olhou com mais atenção para o mar oscilante. Dois olhos surgiram na água escura.

E os olhos brilharam com uma estranha luz amarela.

O que é isso? Shelly se inclinou para ver melhor, com os pés já na beiradinha da passarela. Era estreita, sem corrimão. Na verdade, o acesso ao local era proibido, mas Shelly ia até ali o tempo todo, apesar dos avisos de seu pai quanto aos riscos. Espremeu o olhar. Os olhos no mar se fixaram nos dela. Brilhavam ainda mais intensamente. Shelly começou a andar para trás. Nunca tinha visto nada parecido. Piscou com força. Quando olhou novamente, os olhos haviam sumido.

Talvez sua imaginação tivesse lhe pregado uma peça. Afinal, estava cada vez mais escuro, mais difícil de ver. Shelly percorreu sua lista mental de criaturas marinhas, mas nenhuma tinha olhos que *brilhavam.* Claro, algumas, como certas espécies de água-viva, possuíam bioluminescência — uma reação química que lhes permitia produzir a própria luz —, mas não tinham olhos como aqueles. *Olhos amarelos brilhantes.* Reparou no café em sua mão, que estava quase no fim. *Acho que bebi café demais,* pensou.

Então, algo agarrou seu braço. Shelly saltou, rodopiou e quase perdeu o equilíbrio na passarela.

Mas era apenas Kendall, que agarrou Shelly para evitar que ela caísse.

— Ai! Pensei que você fosse cair — Kendall disse e manteve Shelly firme de pé. — Ficou doida de se inclinar assim? Não queremos que nada aconteça com você.

— Óóónnn, obrigada. Eu... eu pensei ter visto algo na água — Shelly disse, enquanto se esforçava para recuperar o fôlego. O coração martelava no peito enquanto ela pensava nos olhos na água.

Attina e Alana se equilibravam em seus saltos altos de cinco centímetros que estavam prestes a escorregar na passarela.

— Quer dizer, não te culpo por aproveitar a vida, Shell Bells, mas existem outras maneiras de curtir um agito — Kendall disse, batendo as unhas contra o copo de Shelly. Então, apontou uma unha bem cuidada para o oceano, onde as ondas arrebentavam contra a barreira e borrifavam o grupo de amigas com água salgada gelada. — Vai, pode jogar ali.

— Espera... o quê? — Shelly perguntou, pega de surpresa. Devia ter ouvido errado. Seus olhos dispararam do copo de plástico, com seus dois canudos, às placas espalhadas por todo o deque.

PROIBIDO JOGAR LIXO.
500 DÓLARES DE MULTA.

— Anda... — Kendall cerrou os olhos. — Joga fora. Eu te desafio.

— Joga! Joga! — as gêmeas entoavam, rindo.

— Não, melhor não. — Shelly balançou a cabeça. — Eu prefiro reciclar.

Assim que a palavra *reciclar* saiu de sua boca, soube que as amigas achariam estranho.

— Espera, você vai andar com essa coisa nojenta por aí? — Kendall perguntou. — Tipo, do que você tem medo? De ser pega no flagra? Você não pode fazer o que quiser? Você não é, tipo, *dona* deste lugar?

— Ai, total, a família dela é dona, sim — Attina confirmou com um aceno alegre.

— Isso, é o *seu* aquário — acrescentou Alana. — Todo mundo sabe disso, Shelly.

— Ninguém é dono do oceano — Shelly respondeu em voz baixa, agarrando o copo com mais força. O frágil plástico se enrugou e arranhou sua pele. — Ele pertence a todos.

Kendall revirou os olhos enquanto as gêmeas riam.

— Não me diga que você realmente se *preocupa* com aqueles peixes idiotas. Além disso, bem feito para aqueles bichos nojentos. Olha só o que fizeram com a minha blusa nova. — Ela esticou o tecido, exagerando as manchas escuras em sua roupa cara de ioga.

Shelly franziu o cenho, sentindo o instinto de defesa aflorar novamente.

— Há! Eu sabia! — Kendall exclamou, triunfante. — Você se importa, *sim*!

— Não me importo, não! — Shelly rebateu, mas seu protesto soou fraco até para os próprios ouvidos.

— Então, prove! — as palavras de Kendall ecoaram.

Attina e Alana olhavam para Shelly com desprezo.

Shelly engoliu em seco e sentiu o gosto do café amargo no fundo da garganta. As amigas desviaram o olhar. Ela segurou o copo de plástico sobre o oceano. Vários metros abaixo, as ondas se quebravam e espumavam, batendo contra a barreira entre os tanques do aquário e o mar selvagem.

Sua cabeça foi invadida por um milhão de pensamentos. *É só um copinho, certo? Que mal poderia causar? Todo mundo joga lixo no mar, mesmo que por acidente, não é?* E, depois, nunca faria isso novamente. *Só desta vez.* Mesmo assim, seus dedos não soltavam o copo. Pensou em Queenie, na tartaruga-de-couro, nos golfinhos e em todas as criaturas marinhas sob os cuidados do aquário, mas, então, afastou os pensamentos. Encarou as amigas, que olhavam para ela com olhos cintilantes e ansiosos.

— Anda logo, amiga dos peixes — Kendall provocou. — Joga fora logo!

Shelly ainda hesitava. Kendall suspirou, virou-se e desceu da passarela. As gêmeas foram atrás dela. O momento escapava das mãos de Shelly. Seu coração disparou.

Ser aceita a qualquer custo. Ao se lembrar disso, Shelly obrigou os dedos, um por um, a soltar o copo, que caiu de sua mão, flutuou na brisa e foi levado para o mar. Caiu em uma onda, onde boiou e balançou. Shelly olhou para as amigas, que lançaram sorrisos calorosos e genuínos.

— Bom trabalho, Shells! — Kendall exclamou e abraçou Shelly. — Eu sabia que você conseguiria.

— Hã, valeu — Shelly disse e riu.

Attina e Alana também abraçaram Shelly, e as meninas festejaram e aplaudiram.

Ela tinha conseguido. Tinha conquistado o status da verdadeira amizade.

— Talvez possamos transformar isso numa tradição — Kendall disse. — Visitar o aquário um dia antes da nossa primeira disputa.

Shelly sentiu um frio na barriga, mas também se sentiu esperançosa: isso significava que Kendall não faria uma reclamação e não arriscaria interromper as excursões da classe para o aquário. Shelly acenou com a cabeça.

— Certo, vamos voltar — Kendall disse e saiu andando na frente das gêmeas na passarela.

Shelly, no entanto, não conseguia lutar contra sua culpa e olhou de volta para o mar. Lá, sobre a espuma branca de uma onda, o copo balançava, até que algo o alcançou e o puxou para baixo. Parecia um tentáculo preto. Shelly piscou. Mas o copo havia sumido, junto com o que quer que fosse que o agarrara.

— Vocês viram aquilo? — Shelly perguntou, mas Kendall e as gêmeas já estavam na porta.

— Vamos cair fora — Kendall chamou Shelly —, a menos que você queira ficar aqui com os peixes.

Antes de sair, Shelly ouviu um barulho estranho. Parecia uma risada. E não era muito amigável. Então, a risada foi abafada por outro ruído: *o rugido da água.* Um rugido que ficava cada vez mais alto. Shelly olhou para o oceano novamente, bem a tempo de ver uma onda enorme que havia se materializado do nada. Tinha cerca de cinco metros de altura e avançava em direção à passarela.

Rápido.

Shelly gritou quando a onda a atingiu bem no rosto e a derrubou da passarela; ela foi sugada rumo ao oceano aberto. Em seguida, foi puxada para baixo em um redemoinho de bolhas espumantes e água escura que cobriam seu nariz, boca e orelhas.

Tentou nadar para a superfície, em direção à luz fraca da superfície, arranhando a água fria, mas a ressaca se agarrou nela como um anzol. Ainda assim, lutou contra a forte corrente, enquanto engolia água salgada. Os pulmões queimavam e imploravam por ar. Ia se afogar.

Então, sentiu algo em volta do tornozelo.

Algo gosmento. Frio.

Ficou ainda mais apertado.

E puxou.

4

CONCHA

— Shelly, acorda! — Uma voz familiar exclamou.

A primeira coisa que Shelly percebeu foi que estava congelando. Tremia, seus dentes batiam uns nos outros. A segunda foi que parecia ter nadado centenas de metros. Todos os seus músculos doíam. Ela tossiu e cuspiu um jato de água salgada; em seguida, caiu na areia molhada e abriu os olhos.

Um rosto preocupado a examinava. *Enrique.*

— Shelly, você está bem? — ele perguntou com um aceno de cabeça. Água salgada pingava de seus cachos e suas roupas estavam encharcadas, grudadas no corpo.

— S-sim — Shelly engasgou. Sua voz soava rouca.

— Pensei que você já era. — A expressão de Enrique gritava preocupação enquanto ele a ajudava a se levantar.

Shelly cambaleou enquanto Enrique a colocava de pé. *Ele é mais forte do que parece,* ela pensou, e olhou para o pé. Suas calças estavam rasgadas na altura do tornozelo e a pele estava marcada por um vergão vermelho circular. *Como isso aconteceu?*, perguntou-se. Seus pensamentos davam voltas.

— Espera, o q-quê? — Shelly exclamou, olhando ao redor. Ondas iam e vinham no mar escuro e iluminado pela lua além da praia.

Como cheguei na praia?, pensou.

— O que você fazia na passarela? O Miguel não me deixa subir lá. Não é seguro.

Shelly vasculhou a memória confusa. *A passarela, o copo de plástico no oceano.*

— Você teve sorte que eu estava por perto — Enrique continuou, enquanto torcia a barra da camiseta ensopada. — Eu estava ajudando com os golfinhos no deque quando ouvi suas amigas gritarem. Elas fizeram um baita escândalo. E, quando me virei, vi uma onda enorme aparecer do nada e te acertar.

É mesmo, Shelly pensou. *A onda.*

— Não se preocupe, suas amigas estão bem — acrescentou com um sorriso de lado. — Só um pouco assustadas.

A memória de Shelly voltou. Os olhos brilhantes. A onda que a derrubou da passarela. A tentativa de nadar de volta à superfície, mas sendo puxada para baixo, e depois nada.

— V-você me salvou — Shelly gaguejou. — Obrigada.

— Imagina — Enrique disse. — Sorte que estou treinando para ser salva-vidas no próximo verão.

— Pois é… muita sorte — ela disse, em choque por não ter sofrido um destino pior. — Obrigada de novo. Ei, onde estão o Sr. Aquino e o resto da turma? Ainda estão aqui?

— Fica tranquila — Enrique disse. — Todo mundo está no ônibus. Ah! Quase esqueci! — Ele enfiou a mão no bolso da calça jeans. — Quando te puxei para fora, você estava segurando isso. Não queria largar. — Ele lhe estendeu a concha de um nautilus. Era quase do tamanho do punho dela e brilhava sob o luar.

Shelly pegou a concha e contornou-a com os dedos. O esmalte liso era amarelado e formava uma espiral rosa perfeita.

— Que estranho… — ela disse.

— O quê? — Enrique perguntou.

— Eu... eu não me lembro de pegar isso — Shelly respondeu, mordendo o lábio.

— Você está bem! — Kendall correu até a praia com Attina e Alana.

Shelly guardou o nautilus no bolso imediatamente.

— Você viu o tamanho daquela onda? — Attina perguntou.

— Shelly, você tem sorte de não ter se afogado! — Alana exclamou.

— Sim, apareceu do nada — Shelly disse, feliz ao ver a preocupação de suas amigas.

— O Enrique, tipo, te salvou *sozinho,* Shells — Kendall disse.

Ele concordou com a cabeça.

— Às vezes, surgem ondas grandes, causadas por algum navio enorme, ou um terremoto subaquático, ou um vulcão. Enfim, ela teve sorte que eu estava por perto. Poderia ter sido muito pior.

— Viram, meninas? É por isso que nadamos *apenas* em piscinas — Kendall falou, arrepiando-se dos pés à cabeça. — Eu disse que o oceano era perigoso. Vou falar para minha mãe cancelar a excursão ao aquário ano que vem.

Shelly não tinha energia para discutir o assunto.

Fora atingida de uma só vez por tudo o que havia acontecido e tudo o que queria era se deitar. Seus ombros fraquejaram e seus joelhos dobraram.

Nesse momento, o Sr. Aquino apareceu. Ao ver Shelly, seus olhos se arregalaram de preocupação.

— Shelly, o que aconteceu com você? Por que está toda encharcada?

— Eu estava no deque... e uma onda gigante me jogou no mar — ela disse, a voz ainda rouca. — Mas Enrique me salvou. Ele trabalha aqui, às vezes.

— Eu disse que esta excursão era perigosa — Kendall bufou.

— Vamos buscar seus pais — disse Aquino. — Tenho certeza de que vão querer te levar para casa.

Uma luz vermelha imediatamente se acendeu na mente de Shelly: sua mãe e seu pai estavam ocupados até o pescoço e estressados com as finanças. A última coisa que ela queria era ser mais um problema com o qual os pais teriam de se preocupar, principalmente porque só tinha caído no mar, nada sério.

— Não, estou bem — Shelly protestou. — Prefiro voltar para a escola. Estou acostumada a cair na água.

— Tudo bem, então. Pelo menos, vá se secar.

Depois de agradecer Enrique, o Sr. Aquino ajudou a aluna a voltar para o aquário, que reluzia contra o céu escuro como um palácio marinho. Shelly olhou de volta para o oceano. Então, viu novamente os dois olhos amarelos e brilhantes — que a encaravam.

Em seguida, os olhos se afastaram e nadaram em direções opostas até serem repentinamente engolidos pelas ondas escuras. Shelly tirou o nautilus do bolso e o apertou na mão, sentindo calafrios.

O ônibus já estava lotado com seus colegas de classe e pronto para levá-la de volta à escola, onde sua mãe iria buscá-la depois do treino de natação. Shelly olhou para Enrique pela janela. Mal conseguia perceber a silhueta do rapaz na penumbra, mas ele levantou a mão e acenou. *Ele me salvou,* pensou. E não queria nem imaginar o que teria acontecido se ele não tivesse.

Por algum motivo, Kendall saiu do banco ao lado de Shelly e foi para uma fileira vazia na frente do ônibus; as gêmeas a seguiram em silêncio. A menina não sabia por que as amigas agiam tão estranhamente, mas esperava que não tivesse a ver com o acidente, ou com Enrique.

Talvez não tenha valido a pena jogar lixo no mar, afinal de contas, pensou com amargura.

Ainda assim, estava determinada a amenizar a situação com as meninas assim que possível. Por enquanto, precisava de uma pausa e se sentiu aliviada por estar sozinha no fundo do ônibus.

— Cadê, Xeretelly? — Dawson começou a perseguir Shelly assim que ela entrou na cozinha. A mãe deles foi direto para o quarto e fechou a porta.

— Me deixa — disse Shelly, sentindo o cansaço em cada centímetro de seu corpo. Esquadrinhou a cozinha. Havia pratos sujos empilhados na pia. O lixo, acumulado, precisava ser retirado. O pequeno aquário de Dawson, coberto de algas, estava sobre o balcão e precisava ser limpo para dar lugar a um novo ocupante.

— Então, que tipo de peixe você comprou? — Dawson perguntou.

Precisava pensar em algo — e *rápido.*

— Bem, não comprei exatamente um peixe — respondeu; sabia que precisava agir com muito cuidado, para evitar que Dawson abrisse um berreiro, o que resultaria na perda de seus privilégios de celular, ou seria castigada e não poderia participar da competição da equipe de natação no dia seguinte.

— Outro *tipo* de peixe? — Dawson perguntou. — Eu tenho tanta saudade do Sr. Bolhas. Ele era o melhor.

Agora Shelly se sentia ainda pior. Ela amava todos os tipos de animais, mas a verdade é que o Sr. Bolhas era bem sem graça. Nunca fazia muita coisa. O ato mais dramático que tinha feito fora soltar uma bolha fraca, quase sem vida, e deslizar pelo encanamento.

— Não é um peixe — ela começou. Dawson se entristeceu imediatamente, então ela seguiu com mais entusiasmo. — *Melhor ainda.* Nem precisa de comida. E você não precisa limpar o tanque.

Ele mostrou-se curioso:

— Que tipo de animal de estimação não precisa de comida? Ou de um tanque limpo?

— E não vai morrer — ela acrescentou.

— Como um peixe-vampiro? — o menino indagou desconfiado.

Shelly balançou a cabeça em uma negativa.

— Não, não é um peixe-vampiro.

— Tudo bem, desisto — Dawson disse. — Que tipo animal você comprou?

— Esse tipo. — Ela puxou o nautilus do bolso, que reluziu sob as luzes da cozinha.

— Que legal! — Os olhos de Dawson brilharam. — Uma concha! Adorei!

O irmãozinho agarrou o presente e o pressionou contra o peito.

Shelly deu um suspiro de alívio. Estava em segurança. Agora, precisava jantar e, depois, decidir qual roupa vestiria no dia seguinte, mas sua cabeça estava na disputa da equipe de natação. Preparou um sanduíche de peru, correu para o quarto e se preparou para dormir. Separou sua roupa, deixou-a sobre um baú ao pé da cama e apagou as luzes.

No segundo em que sua cabeça tocou no travesseiro, Shelly caiu no sono. Seu quarto se dissolveu e a escuridão a levou para longe. Tudo o que acontecera naquele dia — a excursão, a onda que a derrubara, o risco de afogamento, ter sido salva por Enrique — tinha lhe deixado exausta.

E até o sonho foi tenso. Ela nadava na piscina da escola, mas nadava parada, enquanto suas concorrentes a ultrapassavam e criavam uma onda forte. Judy passou por ela, depois Kendall. Ela acordou aos gritos.

— Não, eu preciso vencer! — As palavras escaparam de sua garganta. Respirou algumas vezes, de forma profunda e irregular, então conferiu o relógio digital, que mostrava dez horas. — Foi apenas um sonho — sussurrou. Shelly começou a fechar os olhos e a baixar a cabeça de volta no travesseiro.

Então, percebeu a luz estranha. Pulsando. Amarela. *Surreal.*

Irrompia na escuridão em *flashes* estroboscópicos. Vinha do quarto no final do corredor. *O quarto de Dawson.* Ela piscou e se sentou na cama, pensando que talvez estivesse vendo coisas, mas ainda estava lá. Ainda piscava. Beliscou a bochecha e estremeceu. Não. Estava acordada. A luz era real.

Absorta, Shelly saiu da cama. Seus pés tocaram o carpete. Seu cobertor, que estava encharcado de suor por causa do pesadelo, caiu no chão. Sentiu um calafrio, como se tivesse sido atingida por um vento gelado soprado do oceano. A sala cheirava a sal e algas marinhas — provavelmente por causa dos canais perto da casa. Sua pele ficou arrepiada de frio, mas também de medo. A luz continuava a pulsar, infiltrando-se na escuridão. Silenciosamente, ela a seguiu.

O brilho ficou ainda mais forte quando Shelly chegou ao corredor. Os dedos do pé afundaram no carpete grosso que sua mãe tinha instalado quando se mudaram para a casa na cidade. Era um jeito simples de fazer a nova casa parecer um lar. A porta do quarto da mãe estava entreaberta no final do corredor. Shelly considerou acordá-la. Mas, ultimamente, quando tentava chamar sua atenção, a mãe reagia incomodada. Embora a porta de Dawson estivesse fechada, o brilho escapava pelas frestas e pelo buraco da fechadura.

Normalmente, evitava o quarto do fedelho como se fosse um surto de ictioftiríase, a doença parasitária que criava pontos brancos gosmentos nos peixes. Hesitou diante da porta. Tomou fôlego, prendeu o nariz com os dedos para se proteger do fedor de peixe e abriu a porta.

Sob a luz pulsante, seus olhos examinaram o quarto do irmão. Deu um passo adiante, mas recuou em seguida. Os dedos dos pés descalços haviam tocado água fria. Poças, que levavam até a cama do menino, encharcavam o tapete.

— Dawson? — sussurrou, tentando ver se ele estava acordado. Ninguém respondeu.

Continuou a olhar pelo quarto. Havia brinquedos antigos espalhados por todos os lados. O conteúdo do armário de Dawson espalhado pelo chão, revelando sua tentativa hesitante de obedecer às ordens insistentes da mãe para limpar o quarto — *ou então!* Dawson estava dormindo, seu pequeno corpo enrolado na cama. Seus cabelos estavam despenteados de tanto sacudir e girar, e havia um fio de baba agarrado a seu queixo.

Lá, descansando na palma de sua mãozinha, estava a fonte da luz pulsante.

O nautilus.

Sua espiral rosa-amarelada brilhava ainda mais forte.

Intrigada, Shelly se aproximou; seus pés faziam barulho ao pressionarem o tapete encharcado, um passo atrás do outro. Estendeu a mão e pôde ver a delicada carne das pontas dos dedos iluminada pelo estranho brilho. Como se em resposta à sua presença, a concha brilhou com mais intensidade e ficou tão cintilante que Shelly teve que estreitar os olhos. Congelou ao ouvir uma voz:

— *Minha doce e querida criança. Vá em frente. Não tenha medo.* — A voz era encorpada, gentil e tão profunda quanto o próprio oceano. Uma voz cheia de riso, que parecia emanar de *dentro* da concha.

— O-olá? — Shelly sussurrou, incapaz de desviar os olhos do nautilus vibrante.

— *Vá em frente, querida, pegue. É meu presente para você. Vamos. Pegue. Pegue!*

Shelly tocou o nautilus.

E foi engolida pelo chão.

5
Parte do seu pesadelo

A água gelada envolveu Shelly assim que ela mergulhou.

Afundou no que parecia uma floresta de algas. O que estava acontecendo? Aonde estava indo? Finalmente, foi jogada na penumbra de uma caverna subaquática.

Shelly prendeu o fôlego e começou a nadar, sem saber aonde ia, apenas que precisava encontrar uma saída, que precisava de ar. Mas as algas se agarravam aos seus pés e a impediam de fugir.

— *Vá embora, saia daqui!* — ouviu uma vozinha aguda e dolorida, nítida como a luz do dia, mesmo a tantos metros debaixo d'água.

Shelly olhou para baixo e viu *rostos* nas algas. E, quando estava quase sem ar, com o coração cada vez mais acelerado, percebeu que não eram algas, mas criaturas ressequidas e cinzentas, com olhos pálidos e bocas abertas e retorcidas. Não eram nada que já houvesse estudado no aquário, mas era impossível que tivessem falado. Devia ter sido sua imaginação.

E, nesse momento, Shelly foi engolfada por uma corrente e sugada para baixo.

Tentou nadar contra, mas era forte demais. Os pulmões doíam, estavam prestes a explodir.

De repente, uma enorme bola de cristal começou a se formar em volta de si, e ela abriu a boca em um grito silencioso. Mas então a água foi drenada para fora e ela conseguiu respirar, engasgando e cuspindo, enquanto batia na redoma.

— Socorro! Me deixe sair daqui! — gritou. Tudo estava distorcido através do vidro. Quase não conseguia ver a caverna subaquática. Garrafas de vidro preenchiam as paredes irregulares, e era possível vislumbrar anêmonas brilhantes e os olhos daquelas... *coisas.* Shelly levou um enorme susto quando algo enorme, bulboso e escuro passou nadando. *O que foi isso?*

— Perdeu alguma coisa, meu bem? — A mesma voz profunda e forte que ela ouvira no quarto do irmão emanava do canto escuro da caverna. — Tão ingênua! — Um tentáculo escurou lançou-se das sombras e envolveu o cristal. Shelly se encolheu, dominada pelo medo.

— O-o que você quer? — ela sussurrou.

De repente, o tentáculo negro reapareceu e revelou um copo de café plástico vazio assim que terminou de se desdobrar.

Shelly sentiu as bochechas esquentarem. Sabia que tinha cometido um grande erro ao jogar aquele copo no mar. Sabia que estava errada. Mas, mesmo assim, era o que tinha feito.

— Me desculpe — gaguejou. — N-não foi a minha intenção!

— Usar meu oceano como uma... oh, como é que vocês *terrestres* chamam? Lixeira?

O coração de Shelly disparou. Então, a voz se suavizou.

— Mas não tenha medo, criança. Estou aqui para ajudar pobres almas como você. Almas que têm problemas que precisam ser resolvidos. É o que eu faço, eu ajudo! — A voz se transformou em uma risada sombria e grave. De onde vinha? Existia uma criatura com tentáculos que podia... falar?

— O que aconteceu comigo? Onde estou? — Shelly perguntou, e sua voz ecoava na bola de cristal. Ao olhar para baixo, viu a imagem um tanto borrada de um pedestal espinhoso com garras que sustentava a redoma de cristal.

— Você é um pobre coração infeliz — respondeu a voz. — É por isso que está aqui, não é? Pode confiar na Titia Úrsula, minha querida. — Shelly viu outro vulto de algo que nadava pela caverna.

Afastou-se do vidro e se sentou na bola, abraçando os joelhos. Será que *era* um pobre coração infeliz? Todos os acontecimentos recentes que tinham dado errado em sua vida invadiram-lhe a cabeça. O divórcio dos pais. Quando seu pai mudou de casa. Ser obrigada a se mudar com Dawson e a mãe e trocar de escola. O Semestre Sem Amigos, como ela tinha batizado aquele período — os meses no início do ano. E agora que tinha amigas — Kendall, Attina e Alana — tudo em que pensava era na possibilidade de perdê-las. E *onde* estava? Sonhando? Como tinha chegado ali? Sua memória estava confusa, mas se lembrava do nautilus no escuro.

— Úrsula, você pode me deixar ir embora? — Shelly perguntou.

— Em breve — Úrsula respondeu. — Mas, antes, o que você quer ainda mais do que isso?

Shelly foi pega de surpresa. Ponderou a pergunta e respondeu:

— Ser feliz?

— Só isso? Ora, por favor. Sou uma mulher muito ocupada. Diga logo qual é o seu desejo.

— Desejo? Você concede desejos? — Shelly perguntou. Ela se sentiu esquisita ao perguntar aquilo. Como era possível um sonho tão estranho? E será que era mesmo um sonho?

— Claro que sim, tolinha — disse Úrsula. — Então, o que você quer?

— Mas quem… — Shelly começou a perguntar e sentiu uma pontada de medo. — Mas *o que* é você?

— Ah, é uma boa pergunta, minha querida. Alguns me chamam de bruxa do mar.

— Você é uma *bruxa*? — Shelly perguntou, esforçando-se para vislumbrar sua captora no escuro. Algo mudou nas sombras. Viu um vulto do que pareciam cabelos brancos e uma ondulação feita por ainda mais tentáculos pretos. Shelly recuou contra o vidro curvo, mas a voz falou novamente.

— Alguns me chamavam de protetora da Baía de Tritão, mas isso já faz muitas luas.

— Bem, você é uma bruxa... ou uma protetora? — Shelly perguntou.

— Você acredita se eu disser que sou ambas? — Uma risada profunda, que ressoou como um trovão, emanou das águas escuras. — Agora, vamos, faça o seu desejo. Eu não tenho o dia inteiro.

Shelly não conseguia explicar, mas sentia que aquela voz a compreendia.

— Um desejo? — perguntou, mordendo o lábio. Fechou os olhos. O que ela queria mais do que qualquer outra coisa? Reunir a família? Ser popular? Fazer com que certas pessoas a percebessem?

Nada era pior do que não ter amigos. Não poderia permitir que isso acontecesse novamente.

Havia uma maneira de garantir alguns pontos de popularidade. Precisava vencer a competição de natação contra Judy Weisberg e avançar no campeonato. Assim, poderia ajudar sua equipe a ganhar o troféu. O troféu importava mais do que qualquer outra coisa para Kendall, então Shelly precisava fazer tudo o que podia para ajudá-la a colocar as mãos nele.

Shelly abriu os olhos.

— Quero ser a nadadora mais rápida da Baía de Tritão para que possamos vencer Rio Pequeno no campeonato.

— Ah, minha querida, disso eu entendo. — A forma escura planou em volta do cristal novamente. De repente, uma imagem foi projetada no vidro curvo, como um filme.

Shelly se viu no campeonato de natação. Saltou do bloco de partida, mergulhou na piscina, ultrapassou com facilidade a arqui-inimiga da escola rival e venceu a competição de nado livre. Nadou cada vez mais rápido e alcançou a linha de chegada antes de Judy Weisberg.

A imagem mudou e Shelly se viu de pé no topo do pódio com uma medalha de ouro em volta do pescoço. Kendall e as amigas, ainda de maiôs, toucas de natação e toalhas, vibravam por ela ao lado da treinadora. Viu seus pais, cheios de orgulho, e Dawson, que vibravam na arquibancada.

Sua mãe, então, fez algo incrível. Virou-se para o pai e o abraçou. Será que eles poderiam voltar a ficar juntos? Será que se lembrariam de que a família era maravilhosa se a filha vencesse o campeonato? Esse desejo faria tudo em sua vida melhorar!

Era muito claro, assim como a bola de cristal.

A imagem se desfez e Shelly se percebeu olhando para seu reflexo distorcido.

— Você pode fazer tudo isso acontecer? — perguntou. Ela queria muito tudo aquilo, mais do que já desejara qualquer outra coisa. Se pudesse ser a nadadora mais rápida, deixaria suas amigas felizes e, melhor ainda, deixaria seus pais felizes. Talvez até voltassem a ficar juntos.

— Oh, minha querida — Úrsula disse —, tudo isso e muito mais.

A imagem reapareceu no vidro.

Shelly passou a mão sobre a imagem de sua família reunida. Tocou os rostos alegres de suas amigas e a medalha de ouro pendurada no pescoço. A imagem voltou a desaparecer.

— Não, espera! Traz de volta! — Bateu no vidro, tentando desesperadamente fazer aquela cena incrível retornar. Mas a projeção no cristal se dissolveu, como um castelo de areia destruído pela água do mar.

— Bem, minha cara, só há uma maneira de fazer isso acontecer — Úrsula explicou, enquanto a imagem desbotava.

— Eu quero! Por favor, me ajude! — Shelly implorou.

— Não se preocupe, querida — Úrsula a tranquilizou. — Claro que vou ajudá-la... Desde que você pague o preço.

— Por favor. Eu faço o que você quiser! — Shelly exclamou.

— O que eu quiser? Que ótima notícia. Tem algo que você pode fazer por mim.

De repente, um pedaço de pergaminho enrolado se materializou diante de Shelly dentro da bola de cristal. Pairando no ar diante dela, brilhava com a mesma luz dourada e misteriosa que o nautilus emitia e, enquanto se desenrolava, uma caneta-tinteiro de espinha de peixe se materializou também. Os olhos de Shelly passearam pelo pergaminho enquanto lia o texto.

— Um... contrato? — Shelly perguntou. Ela releu as palavras rabiscadas na página:

Por meio deste, concedo a Úrsula, a bruxa do mar, um favor a ser solicitado futuramente, em troca de que eu me torne a nadadora mais rápida, por toda a eternidade.

— Vá em frente, assine — Úrsula incitou. — Não tenho o dia inteiro.

Shelly engoliu em seco e colocou a caneta na página, que se agitou com luz dourada.

— Boa menina! — Úrsula incentivou.

— Que favor, exatamente? — A menina hesitou. — O que você quer de mim?

— Oh, minha querida, tudo será revelado na hora certa — Úrsula disse, parecendo incomodada. Ela nadou ao redor do cristal, deslocando-se pelas sombras como uma nuvem turva de fumaça ondulante. Seus olhos brilharam por um segundo, famintos.

— Grande poder foi roubado de mim por alguém próximo a você. Sem isso, não posso ser a protetora dos mares. Tudo que eu quero é que ele seja devolvido a mim... mas tudo a seu tempo.

— Grande poder? Mas o quê?

— Tsc, tsc. Você está perdendo precioso tempo! — O tentáculo negro de Úrsula emergiu da escuridão e bateu na bola de cristal, apontando para o contrato. — Quer ser a nadadora mais rápida ou não? Quantos pobres corações infelizes matariam para estar no seu lugar agora...

Shelly estudou o contrato e analisou a situação. Devolver algo que foi roubado não parecia algo ruim. Roubar era errado. Ela apenas corrigiria um erro. Ainda assim, algo a preocupava. Sua mãe sempre lhe dissera para não agir precipitadamente.

— Posso pensar sobre o assunto? — perguntou.

— *Pensar sobre o assunto?* — Úrsula rosnou, abandonando sua gentileza. — Pensar no que, criança? Ou você quer seu desejo ou não quer; tenho mais o que fazer com meu tempo. Posso libertá-la e você pode nadar de volta pela minha caverna torcendo para conseguir chegar à superfície antes que algo nade atrás de você. É isso o que uma criança como você merece, por achar que é aceitável jogar seu lixo tóxico nos meus domínios.

— Sinto muito. Por favor, só preciso de um dia — Shelly pediu e examinou o contrato novamente, que brilhava com luz intensa, mas, então, desapareceu. A caverna voltou a ser engolida pela escuridão quase completa.

— Como queira, minha cara. Você tem vinte e quatro horas para voltar ao meu covil e assinar o contrato, ou o nosso acordo será considerado nulo e sem efeito. Sem devoluções. Sem segundas chances.

Seis tentáculos negros abraçaram o vidro e quebraram a bola de cristal.

A água do mar invadiu a bola e silenciou os gritos de Shelly.

6
DIFÍCIL DE PESCAR

Shelly acordou ofegante, com a mão grudada na própria garganta.

Aos poucos, Shelly se libertou do domínio sombrio do pesadelo e sentou-se na cama. Seus olhos se ajustaram à luz do amanhecer que atravessava as cortinas do quarto. O travesseiro estava úmido e seu pijama estava encharcado. Por um segundo, temeu que o sonho tivesse sido real, que sua cama estivesse molhada porque esteve debaixo da água. Então percebeu que estava apenas febril e muito suada.

— Apenas um sonho — suspirou. — Apenas um pesadelo, não foi real.

O alarme alto em seu telefone explodiu e Shelly pulou da cama. O volume do alarme servia para garantir que ela não se atrasasse para a escola, mas, na verdade, dava-lhe um susto a cada manhã quando disparava. Cutucou o telefone com irritação, silenciou o alarme, depois deitou e tentou se lembrar do sonho antes que os detalhes desaparecessem. Lembrou-se de seguir uma luz estranha e pulsante no quarto de Dawson…

Por que diabos tinha sonhado com *aquilo*?

Mas depois começou a se lembrar de mais detalhes. O nautilus... que brilhava com uma luz amarela pulsante. E, quando ela o tocou, fora transportada para uma caverna subaquática escura onde Úrsula tinha dito que lhe concederia um desejo. *Eu quero ser a nadadora mais rápida.* Esse tinha sido seu desejo. Recordava claramente. Os detalhes estavam frescos e nítidos em sua mente. *Mas não é real,* repetiu para si.

Convencida disso, Shelly saiu da cama, foi até o armário e examinou sua aparência no espelho. Não parecia ter febre. Correu os dedos pelos cabelos castanhos ondulados, ainda despenteados. Nada anormal, por enquanto.

Vestiu seu agasalho rosa e se voltou para sua cama — e foi então que viu. Arrepiou-se instantaneamente. Um suspiro escapou de seus lábios.

— Não. É *impossível* — exclamou.

Shelly correu para a mesa de cabeceira e piscou com força, pensando que estava vendo coisas. Mas, independentemente de quantas vezes esfregasse os olhos, ainda estava lá, bem ao lado de seu abajur de sereia.

O *nautilus.*

O da praia.

O do seu pesadelo.

Como tinha ido parar em seu quarto?

Analisou a concha. Havia uma poça de água ao redor. Por mais que tentasse, não conseguia entender como aquilo tinha ido parar ali. Dawson provavelmente tinha xeretado em seu quarto novamente, como sempre. Era isso! O irmão devia ter deixado lá sem querer. Não havia outra explicação.

Subitamente irritada — com o pesadelo *e* com o irmãozinho bisbilhoteiro —, foi pegar a concha. Mas hesitou. Não queria tocar naquilo. Lembrou-se de que, quando havia tocado o nautilus no sonho, fora transportada para um covil submarino. Não queria arriscar, mesmo sabendo que tinha sido só um pesadelo.

Shelly pensou rápido e usou uma meia para proteger a mão enquanto jogava a concha no fundo do cesto de roupa suja. *Lido com você mais tarde*, pensou, enquanto o nautilus desaparecia entre roupas.

Então, voou de seu quarto até a cozinha. Serviu-se rapidamente de uma tigela de cereal. Alguns minutos depois, ouviu a voz de Dawson.

— Mãe, não acho a minha concha!

Shelly tentou ignorá-lo e concentrar-se em seu café da manhã. Mas era uma causa perdida.

Um segundo depois, o irmão mais novo invadiu a cozinha com uma expressão indignada no rosto. Ele vestia uma camiseta listrada, shorts cáqui e um lençol vermelho amarrado nos ombros, como uma capa. Ele tinha o mesmo tom de pele oliva e olhos castanhos de sua irmã, mas os cabelos escuros tinham um corte de tigela irregular, da vez em que tinha tentado cortar o próprio cabelo, para o horror da mãe. Agora, ele era proibido de brincar com a tesoura. Dawson colocou as mãos na cintura e encarou a irmã.

— Aposto que a Shelly roubou! — ele acusou.

— Eu não roubei nada. — Shelly olhou feio para ele. — E, depois, por que eu te daria um presente e pegaria de volta?

— Porque é *especial* — Dawson respondeu. — E você é Xeretelly!

— Você deve ter perdido naquela lixeira que chama de quarto.

A mãe entrou na cozinha, a bolsa de trabalho pendurada no ombro.

— O que aconteceu?

— Mãe, a Shelly roubou a minha concha — Dawson choramingou. — E agora ela está mentindo.

— Mãe, eu não roubei. — Shelly revirou os olhos. — Ele deve ter perdido.

— Mentirosa! — Dawson gritou.

— Shelly, você pegou? — a mãe perguntou. — Sem querer, talvez?

Shelly se sentiu mal. Deu de ombros, sem saber o que dizer. Será que tinha *mesmo* roubado? Será que pegara a concha enquanto estava sonâmbula? Será que Dawson fora xeretar no quarto dela e esquecera lá? Só sabia que não podia se meter em problemas. Não com a primeira competição de natação tão perto.

E já tinha muito com o que se preocupar.

Antes que pudesse responder, a mãe olhou para o relógio.

— Vou chegar atrasada no trabalho — suspirou. — Vocês dois precisam parar de brigar o tempo todo. Agora, façam as pazes, por favor.

— Ok, me desculpa — Shelly disse, sentindo-se culpada. — Eu vou melhorar. Prometo.

Depois que sua mãe deu um beijo de despedida em cada um dos filhos e foi até a porta, Shelly conversou com Dawson.

— Certo, hora de ir para a escola, amigão — disse com carinho. — Olha, eu te ajudo a procurar a concha hoje à noite, combinado? Assim que eu chegar em casa. E quem sabe a gente arruma um pouco o seu quarto também. Ok?

Dawson fungou, mas depois relaxou.

— Tá, obrigado. Eu te amo.

— Eu também te amo. — Ela fez um cafuné na cabeça do irmão. — Agora vamos!

Depois que Shelly correu até a porta da frente e pegou sua mochila, seus olhos se fixaram na porta de seu quarto, onde havia uma mancha no tapete. Pegadas úmidas iam do quarto de Dawson até a porta do quarto dela.

Ele deve ter tomado banho e ido molhado até lá.

Mas, mesmo assim, sentiu um arrepio descendo pela espinha. O pesadelo relampejou em sua mente.

Você tem vinte e quatro horas para retornar ao meu covil. Sem devoluções. Sem segundas chances.

A voz da bruxa do mar ecoou na cabeça de Shelly. Ela desviou os pensamentos. Voltaria a pensar no assunto, mas não agora. Não tinha tempo para se preocupar com isso, ou se atrasariam para o ônibus.

O sinal tocou e Shelly correu do ônibus até o Colégio Baía de Tritão.

Ela costurou pelo corredor lotado, torcendo para que ninguém a visse. Sentia falta de sua escola particular, que era menor e menos caótica. Shelly foi direto até seu armário e passou os olhos pelos corredores na tentativa de encontrar Kendall e as gêmeas. Elas animariam aquela manhã infernal. As amigas sabiam que Dawson a irritava às vezes. Mas, infelizmente, não encontrou as garotas em lugar nenhum.

Poucos minutos depois — embora tenha parecido uma eternidade —, chegou ao armário.

— Anda! — sussurrou, enquanto girava a combinação da fechadura e tentava abrir a porta, sem sucesso. Desde que tinha chegado ao ensino médio e passado a ter que mudar de aulas ao longo do dia, tinha sonhos estressantes em que esquecia a combinação do armário. Tentou novamente. *Clique.* Destrancou, e a porta de metal abriu.

Bem quando um grupo de alunos passava, peixes podres caíram do armário de Shelly. Esparramaram-se pelo chão, com olhos arregalados e pálidos, junto de uma pilha de lixo de plástico

— canudos, sacos plásticos, copos de café velhos, garrafas plásticas. Era o tipo de lixo que ia para o mar.

O fedor era insuportável e Shelly engasgou. Pior ainda, pisou em um peixe e se desequilibrou, deu um grito e caiu no chão. Vários alunos se aproximaram para assistir à cena, enquanto mais e mais peixes caíam sobre Shelly, também caída no chão.

Ela tentou afastar os peixes com as mãos, mas não paravam de jorrar para fora do armário e de cair em cima dela com seus olhos sem vida. Agora, todos no corredor tinham parado para olhar.

— Amiga de peixe! — Normie gritou, rindo e cutucando os amigos.

— N-não são meus! — Shelly gaguejou, enquanto tirava os corpos viscosos de cima de si e tentava ficar de pé, apoiando-se na parede de armários para evitar cair de volta na pilha de peixes podres.

Shelly lutou para encontrar uma explicação racional. Talvez sua arqui-inimiga da equipe rival de natação, Judy Weisberg, tivesse colocado os peixes ali para intimidá-la antes da primeira disputa. Elas se enfrentariam naquela noite nos cem metros de nado livre. Judy era famosa por aprontar pegadinhas elaboradas. Lendária, até. Mas onde Judy conseguiria todos aqueles peixes? Eram exatamente os peixes que usavam para alimentar os golfinhos no aquário. Além disso, como levaria aquela quantidade enorme para a escola sem que ninguém visse? Mais intrigante ainda: como teria conseguido a combinação do armário de Shelly?

— Amiga de peixe! — as crianças exclamavam.

O rosto de Shelly corou. Ela estava completamente encharcada em suco de peixe, com um cheiro horrível. Afastou-se do armário. O fato de que sua família era dona do aquário só piorava o cenário.

Os outros alunos continuavam a zombar dela.

— Amiga de peixes! Shelly quer se casar com um peixe!

— Hoje tem atum para o almoço? — outro aluno brincou.

Shelly nunca quis tanto desaparecer. Parecia que suas bochechas estavam se transformando em lava, como de um vulcão subaquático. Ela abriu a boca, mas fechou, sem saber o que dizer.

— Olha só! Ela parece um *peixe fora d'água*! — alguém gritou, e todos riram.

Foi quando Kendall apareceu com Attina e Alana, todas vestidas com suas camisetas e calças de ioga de grife. Elas olharam para Shelly. Kendall lançou-lhe um olhar preocupado. Seu nariz delicado se contorceu com o fedor.

Mas, então, Kendall colocou as mãos nos quadris e virou sua ira para os outros alunos.

— Ei, vocês não têm nada melhor pra fazer além de inventar piadas idiotas sobre peixes, seu bando de fracassados?

As gêmeas se juntaram a ela:

— É isso aí, *hashtag Fracassados.* Com F maiúsculo — Alana disse.

— Deixem de ser otários e parem de encher o saco da nossa amiga — Attina emendou com desprezo.

Nossa amiga, Shelly pensou, e uma sensação reconfortante percorreu seu corpo.

Elas *eram* amigas.

O segundo sinal tocou, e a multidão se dispersou e correu para as aulas. Shelly desabou contra o armário. Lágrimas quentes escorriam de seus olhos pelas bochechas. Pelo jeito, seria o pior dia de sua vida — e estava apenas começando.

Mas então Kendall passou o braço pelos ombros de Shelly.

— Ei, não se preocupe com essa bagunça — ela disse. — Deve ter sido mais uma das pegadinhas irritantes da Judy. Mas ela vai ver só na competição hoje à noite. Esse ano o troféu é nosso. Você vai passar voando por ela.

— Obrigada, Kendall — Shelly disse, fungando. — E você tá coberta de razão.

— *Hashtag* vitória — Attina disse.

— Estamos mais para *hashtag* campeãs regionais — complementou Alana.

— É isso aí! A gente te ajuda a limpar essa bagunça depois — disse Kendall. — Não sou capitã da equipe de natação à toa! Vou chamar a equipe inteira para ajudar. Você não está sozinha. Estamos do seu lado.

— Vem, você precisa se trocar. Eu tenho um moletom extra no meu armário — Attina disse.

— Obrigada — Shelly respondeu. Enquanto seguia as amigas para a aula, sentiu-se grata pelo apoio delas. Mas seu estômago estava afogado em um oceano de preocupações. Não podia deixar Judy vencer novamente. Não podia correr o risco de decepcionar Kendall. Não depois de Kendall acabar de resgatá-la e defendê-la. Precisava vencer a disputa a todo custo. A vitória significava que não perderia as amigas e provaria seu valor. E também significava vingança contra Judy por sua pegadinha nojenta. Seus olhos voltaram para o armário, onde ainda podia ver os peixes podres e a pilha de lixo espalhados pelo corredor, fedendo.

O pesadelo voltou a assombrar seus pensamentos. O copo de café que havia jogado no oceano. A bruxa do mar. O contrato e a oferta de realizar seu desejo. Mas ela piscou e clareou a cabeça. A pegadinha não tinha nada a ver com o pesadelo. Era só Judy Weisberg tentando desestabilizá-la.

Ela vai ver só, Shelly pensou. *E, depois, tudo vai dar certo.*

7

NUMA ENRASCADA

Shelly saltou do bloco de partida na piscina assim que foi dado o sinal de largada.

Seu coração bateu forte devido à adrenalina quando mergulhou na piscina fria. Seus braços rasgaram a água e seus pés se moviam de forma rítmica. As alças de seu novo traje de natação cravavam seus ombros. Ela percebia vagamente os aplausos que ecoavam pela arena interna. Enxergava a touca roxa de Judy Weisberg na raia ao lado. Aparecia cada vez que ela virava a cabeça para respirar. Shelly contou suas braçadas silenciosamente. *Um, dois.* E *respire.*

Enquanto os braços de Shelly a impulsionavam pela água clorada, tudo o que estava em jogo lhe passou pela cabeça: vencer Judy, não perder as amigas — e ela continuava a ver os peixes mortos e o lixo que caíra de seu armário. Encheu-se de raiva e nadou com mais força. Ela ouviu a voz de Kendall em sua cabeça. "Esse ano o troféu é nosso. Você vai passar voando por ela." Ela precisava vencer por Kendall e seu time. Precisava vencer pela escola. E, o mais importante, tinha que vencer por si mesma.

Shelly não podia deixar Judy safar-se daquela pegadinha. E não podia decepcionar as amigas — não depois que elas a tinham resgatado enquanto os outros alunos zombavam dela no corredor.

Um, dois. E *respire.*

Shelly nadou o mais rápido que pôde, cortando a água com os braços e as pernas em ritmo perfeito. Mas, depois da primeira volta, começou a perder velocidade. Ainda tinha mais três voltas, mas seus braços estavam começando a amolecer. As pernas também estavam cansadas.

Será que se sentia assim porque quase tinha se afogado no dia anterior? Lembranças terríveis rodeavam sua cabeça, e ela teve dificuldade de se concentrar. O pesadelo. O nautilus. O contrato. A briga com Dawson. Os peixes mortos e o lixo nojento no armário. Apesar dos esforços, não conseguia manter o foco nem acompanhar o ritmo das outras competidoras.

Principalmente Judy.

A touca de natação roxa se afastava cada vez mais, independentemente de quanto Shelly se empenhava. A água resistia contra cada braçada, cada respiração, cada volta.

Vamos, você consegue! Virou a cabeça para respirar, mas engoliu um bocado de água, se engasgou e quase perdeu a braçada, o que a desqualificaria. Isso era *muito* diferente de nadar em mar aberto, onde se sentia em paz. Parecia muito errado.

Shelly lutou por mais três voltas torturantes; tentou alcançar Judy, mas ficava cada vez mais para trás. A touca de natação roxa estava agora a meia piscina de distância. Shelly não estava só perdendo para Judy Weisberg, o que já seria ruim o bastante, principalmente porque ainda suspeitava que Judy era a responsável pelos peixes mortos. Não. Shelly bateu na borda da piscina e levantou a cabeça, mas não se deu ao trabalho de ler o placar. Sabia que Judy tinha vencido a competição com muita vantagem. E, como temia, Shelly chegou em último lugar. *Último.*

Humilhada e exausta, puxou-se para fora da piscina. Estava congelando e cheirava a cloro. Na raia ao lado, Judy comemorava sua vitória com as companheiras de Rio Pequeno. Seus gritos de alegria só fizeram Shelly se sentir pior.

Judy lançou um sorriso gélido para Shelly.

— Mais sorte da próxima vez. Tomara que consiga se livrar desse fedor de peixe.

As nadadoras rivais riram. As bochechas de Shelly ferveram. Então, fora *mesmo* Judy quem havia colocado os peixes mortos no armário.

Shelly procurou pelas amigas desesperadamente, na esperança de apoio moral. Kendall, Attina e Alana estavam no banco ao lado do resto da equipe, com toalhas enroladas ao redor da cintura, os cabelos molhados e marcas de touca de natação nas testas. Não houve gritos de alegria nas arquibancadas da Baía de Tritão. Apenas rostos tristonhos e sussurros ainda mais melancólicos. Shelly caminhou com timidez até o banco para pegar uma toalha.

— Isso foi, tipo, muito do mal — Kendall reprovou. — Que ranço me dá quando a gente perde.

— É, não foi nada top — Attina entrou na conversa.

— *Hashtag* tô de mal — acrescentou Alana, mas ninguém riu.

As amigas de Shelly pareciam desanimadas e aborrecidas. E ela se sentiu péssima por decepcioná-las. Péssima *pra caramba.* Tão péssima que teve vontade de se encolher e sumir. Como capitã da equipe, Kendall vivia todas as disputas de forma muito pessoal, mesmo quando não era ela quem competia. Embora fosse verdade que Shelly nadou o máximo que pôde — ela tinha tentado o seu melhor —, não tinha nadado o suficiente para vencer a competição. Judy vencera por larga margem. Shelly percebeu que a pegadinha do armário tinha funcionado; havia tirado sua concentração. Ela tinha perdido o foco, o ritmo e ficado muito para trás. Percebeu que Judy olhava para ela com uma expressão triunfante no rosto, e Shelly desviou o olhar de imediato, sentindo-se humilhada.

— Odeio principalmente perder a competição inteira — Kendall disse às amigas da equipe. — Rio Pequeno nunca vai deixar a gente esquecer essa humilhação.

— Como assim? — Shelly se enrolou em uma toalha. — Perder a competição *inteira*?

— Confira o placar — Kendall disse e apontou para o outro lado da piscina, onde as arquibancadas começavam a ficar vazias, conforme as pessoas deixavam o local.

Shelly estudou o placar e viu a contagem final para Baía de Tritão *versus* Rio Pequeno. Shelly não só perdera aquela disputa, mas chegar em último lugar tinha feito a equipe inteira perder a competição, apesar da vitória de Kendall nos cinquenta metros de nado de peito e o fato de Attina e Alana chegarem em primeiro e segundo lugar respectivamente nos cem metros de nado de costas. Como se Shelly já não se sentisse péssima o suficiente.

— Semana que vem teremos uma nova chance! — disse a treinadora Greeley, em uma tentativa de animar a equipe. Olhando para as garotas através das lentes de seus óculos grossos, os *dreadlocks* emoldurando seu rosto, ela segurava a prancheta onde controlava os tempos da equipe. — Vamos cair com força na piscina essa semana. Quero que todas descansem bastante.

Shelly seguiu a equipe abatida e a treinadora até o vestiário. Lá, ela e suas colegas trocaram de roupa. Os novos trajes pareciam tão alegres quando foram vestidos antes da competição: azul-marinho listrado com amarelo-sol, as cores da escola. Mas agora eles estavam encharcados e amassados, e as companheiras de equipe lançavam olhares ressentidos a Shelly.

De repente, mais do que tudo, Shelly só quis ficar sozinha naquele momento. Foi até Kendall, que vestia uma roupa nova e cara de atletismo, e amarrava os tênis. As gêmeas estavam com ela, uma de cada lado, vestidas e prontas para ir, grudadas em seus celulares.

— Ei, Kendall. Lamento ter perdido — Shelly disse, enquanto fechava a jaqueta do agasalho. — Vou me esforçar mais nos treinos dessa semana, prometo. Não vou perder para Judy de novo. Não acredito que ela venceu.

Kendall franziu o cenho, mas suavizou a expressão.

— Quero só ver. Ainda bem que temos mais uma chance, como a treinadora disse. A Baía de Tritão ainda tem uma chance de vencer o Troféu Regional Litorâneo deste ano.

— Sim, é apenas o objetivo de vida da Kendall — disse Alana, trocando olhares com a irmã gêmea.

— Isso, *hashtag* vitória — Attina confirmou. — Planejamos isso o verão inteiro. Vamos ter, tipo, a maior festa para comemorar se... quer dizer, *quando* a gente vencer! — Ela abriu um sorriso enorme.

— Isso mesmo — Kendall concordou. — Meus pais prometeram. Portanto, não ouse pisar na bola, Shelly. Entendeu?

Todas olharam para Shelly, ansiosas.

— Sem problemas! — Ela forçou um sorriso. — Só tive um dia difícil. Vai dar tudo certo na próxima.

Ela faria o que fosse preciso. Jamais se sentiria assim novamente.

Nada era pior do que decepcionar as amigas.

— A gente se encontra lá fora — disse Alana.

Sem dizer mais nenhuma palavra, Kendall, Alana e Attina pegaram suas mochilas e saíram, junto com as demais nadadoras. Shelly ficou para trás e sentou-se sozinha no banco, enquanto um milhão de pensamentos terríveis invadiam sua cabeça. Imaginou a próxima competição e a touca de natação roxa de Judy, cada vez mais longe do alcance. Precisava dar um jeito de nadar *mais rápido*. Tinha de encontrar uma maneira de derrotar Judy e vencer a competição. Foi até a pia, abriu as torneiras e jogou água no rosto. E, então, algo estranho aconteceu. Sentiu um gosto *salgado* na água. Como água do mar.

Não só isso, mas também sentiu o cheiro do oceano, como quando uma brisa soprava na praia. Era impossível! O cheiro ficou mais forte. Ouviu até o som de gaivotas.

Lentamente, Shelly se afastou da pia, ainda com o gosto de sal na língua.

De repente, uma voz familiar ecoou pelo vestiário, embora estivesse deserto.

— *Tique-taque, tique-taque, minha querida!*

Shelly se virou. Seu coração batia forte.

— Quem… quem disse isso? — perguntou.

— *Vinte e quatro horas* — Úrsula disse. — *Esse foi o nosso acordo. O tempo está quase acabando.*

Não é possível, Shelly pensou. *Foi só um pesadelo! Não era real!*

— *Talvez você se sinta como um* peixe fora d'água *agora* — Úrsula continuou. As torneiras se abriram sozinhas, e a água jorrou com força e inundou as pias. — *Mas eu posso mudar isso… Posso ajudá-la a vencer sua próxima competição. Lembra do seu desejo?*

A água vazou até o chão, formando uma poça ao redor dos pés de Shelly. Ela sentiu vontade de correr, mas algo a impedia. No pesadelo, a bruxa do mar tinha lhe prometido um desejo, não tinha? Será que não havia sido apenas um sonho? Será que realmente tinha acontecido?

Lembrou-se do contrato, impresso em um pergaminho, escrito em cursiva dourada, enquanto Shelly era convencida a assiná-lo. Recordou principalmente de três palavras do contrato: *nadadora mais rápida.*

Talvez fosse um pensamento tolo, mas, até aí, o dia inteiro não tinha sido esquisito? Talvez essa fosse sua chance.

Bastava de perder para Judy Weisberg e Rio Pequeno. Bastava de desapontar Kendall. Melhor ainda, se Shelly se tornasse a nadadora mais rápida da equipe, poderia ajudar Kendall a alcançar seu objetivo de vencer o Troféu Regional Litorâneo e dar a festa da vitória.

Este desejo poderia consertar *tudo.*

— Você pode me ajudar a vencer a próxima disputa? — gaguejou.

— *Claro, minha querida* — Úrsula disse. — *É melhor me visitar novamente antes que seja tarde demais.*

— Mas... como posso te encontrar? — Shelly perguntou, enquanto olhava para o próprio reflexo no espelho embaçado. Ela se sentiu louca por falar com uma pia, sem ninguém por perto. — Como volto até lá?

Mas a voz silenciou.

Em seguida, as torneiras se fecharam repentinamente. As poças de água no chão escorreram pelo ralo. Ela não sentia mais o cheiro do oceano. Não havia mais uma voz estranha solta no ar falando com ela.

Porém, desenhado no espelho embaçado, estava um redemoinho simples que a lembrava de algo...

O nautilus! Claro!

Se tocasse o nautilus novamente, seria transportada de volta ao covil submarino.

Shelly se empolgou e fixou o olhar no redemoinho. Essa era a resposta. Era assim que resolveria todos os seus problemas. Venceria a próxima disputa — e não perderia as amigas. Ela se vingaria de Judy pela pegadinha humilhante. A equipe ganharia o troféu e teria a festa de celebração!

Shelly respirou fundo. Sabia o que precisava fazer.

Só tinha que se apressar — antes que o tempo acabasse.

Depois de jantarem em um restaurante com a equipe de natação, a mãe de Kendall deixou Shelly em casa. Assim que fechou a porta, Shelly disparou pela casa, ziguezagueando pela mobília, atravessou a cozinha, correu pelo corredor e foi até seu quarto. Precisava pegar a concha e voltar ao covil de Úrsula antes que não pudesse mais fazer seu pedido. Mergulhou no cesto, que estava enfiado no armário, recheado com suas roupas sujas, e começou revirá-lo, tateando em busca de algo sólido. Suas mãos, no entanto, só tateavam roupas macias e amarrotadas. Revirou ainda mais e alcançou o fundo do cesto. *Nada.*

O nautilus não estava lá.

— Cadê? — perguntou, frustrada, revirando o quarto. Era a única chance de consertar tudo em sua vida. Precisava encontrar aquela concha. Checou o relógio. Já tinha passado uma hora desde que saíra do vestiário. Vasculhou a memória. Estava chateada com o pesadelo — o pesadelo que, pelo jeito, não era um sonho, mas real. Shelly, porém, lembrava claramente de ter jogado a concha no cesto antes de sair para a escola.

Então, viu um bilhete fixado no espelho.

Rabiscado em giz de cera estava a letra terrível de Dawson:

EU SABIA QUE VOCÊ TINHA ROUBADO,
SUA XERETELLY! NUNCA VOU TE DEVOLVER!

— Dawson, onde você colocou? — ela gritou para o espelho e arrancou o bilhete. Estava fervilhando de raiva. É claro que a concha não deveria estar com ela. Tecnicamente, pertencia a Dawson. Shelly tinha lhe dado de presente. Mas ele não podia entrar no quarto sem sua permissão.

Dawson tinha muitas qualidades, mas não era criativo. Só podia estar no quarto dele.

Shelly precisava encontrar o nautilus. Não podia decepcionar Kendall e suas amigas de novo. Precisava da ajuda da bruxa do mar para vencer a próxima disputa. Disparou pelo corredor e empurrou a porta do quarto. Felizmente, Dawson passaria a noite na casa do pai.

Pilhas de roupas sujas cobriam o chão. Ela não conseguia nem ver o tapete por baixo. Havia brinquedos espalhados no meio das roupas, só esperando para machucar o pé de quem pisasse neles. Shelly procurou entre as roupas, mas nem sinal da concha. Tentou o armário, mas estava tão cheio de brinquedos que era impossível vasculhar. No segundo em que abriu a porta, todos caíram. Seria impossível que tivesse escondido ali. Não havia espaço.

Tentou debaixo da cama. Na cabeceira. Nas gavetas.

A mesa de cabeceira.

Nada.

— Onde você está? — ela sussurrou, enquanto enxugava o suor da testa. Quando checou o relógio mais uma vez, teve um sobressalto. Eram quase dez horas. Não havia muito tempo para encontrar a concha e retornar ao covil de Úrsula. Será que Dawson tinha levado o nautilus consigo para a casa do pai? Se tivesse, estava tudo perdido. Ou será quê…?

E quase perdeu o fôlego só de pensar: se Dawson tinha encontrado a concha, talvez tivesse sido transportado para o traiçoeiro covil submarino.

Assim que Shelly sentiu o pânico dessa possibilidade, virou para a estante de Dawson, onde estava o aquário sujo do Sr. Bolhas. Correu, estendeu a mão e pegou o aquário; estava lá. O nautilus estava no fundo do tanque imundo.

— Graças a Deus! Achei você! — exclamou e pescou a concha na água turva. Contudo, quando tocou o nautilus, nada aconteceu.

— Você disse que isso me levaria de volta! — gritou, sentindo-se tola. — Bem, eu encontrei! Estou pronta para expressar o meu desejo! — chamou, apertando a concha com força.

Tentou gritar novamente e balançou a concha no ar.

Shelly foi tomada pelo medo.

Será que era tarde demais?

Não — ela se lembrou do sonho. Tinha pedido mais um dia — e a bruxa do mar havia concordado. Ainda não tinha passado um dia inteiro. Ainda restavam alguns minutos. Ela tinha certeza.

— Anda, por que não funciona? — sussurrou para a concha.

Agora, sentia-se ainda mais tola por estar no quarto de Dawson. Qualquer um que a visse pensaria que ela tinha enlouquecido.

— Chega, desisto — bufou, desanimada. — Eu só queria ser a *nadadora mais rápida...*

Assim que as palavras saíram de sua boca, a concha começou a pulsar com a tétrica luz amarela.

Então, de repente, Shelly mergulhou no oceano, cada vez mais para o fundo. A água inundou sua boca, escorreu garganta abaixo e encheu seus pulmões. Estava sufocando e lutava por ar. Sentiu que estava prestes a desmaiar, mas, de repente, como se alguém tivesse apertado um botão, tudo tinha acabado e ela podia respirar novamente.

Ela tossiu e olhou ao redor. Estava presa de novo na bola de cristal seca e oca, o que significava que estava de volta ao covil de Úrsula. Via que algo grande nadava nas sombras, como antes.

— Estou aqui... Eu... voltei! — disse para a escuridão, ignorando o medo que lhe dava vontade de gritar. — Quero assinar o contrato. Eu quero ser a nadadora mais rápida.

Um momento de silêncio. Havia apenas sombras que mudavam de posição e os estranhos tentáculos.

— Tem certeza, minha querida? — a voz de Úrsula ecoou. — É um compromisso. Não há como voltar atrás.

— Tenho certeza. — Shelly respirou fundo. — Eu quero ser a nadadora mais rápida da minha equipe — ela disse, tentando manter a firmeza na voz. — Eu *preciso* ser a nadadora mais rápida. Você prometeu ajudar.

Mais uma vez, tudo estava silencioso, exceto pelo suave ruído do oceano que envolvia o covil.

Então:

— Como queira, minha cara.

De repente, o contrato materializou-se na bola de cristal diante de Shelly. Houve outro clarão, e a caneta de espinha de peixe apareceu na mão dela. A ponta da caneta brilhou com luz dourada. Ela ergueu a mão sobre o contrato.

Por meio deste, concedo a Úrsula, a bruxa do mar, um favor a ser solicitado futuramente, em troca de que eu me torne a nadadora mais rápida, por toda a eternidade.

A corrente aumentou e rodopiou pelo covil subaquático. Shelly ouviu vozes estridentes que surgiram das águas. Não sabia dizer de onde vinham, o que tornava tudo ainda mais assustador.

— *Não faça isso!*

— *... você vai se arrepender...*

— *não confie nela...*

— *... ela só pega o que quer!*

— Sinto muito, mas eu preciso disso — Shelly disse suavemente, mais para si mesma do que para as vozes de advertência. Agarrou a caneta e a pressionou contra o pergaminho. — Eu não tenho escolha.

Ela escreveu seu nome — *Shelly* — na linha da assinatura.

O contrato inteiro reluziu. Enrolou-se em um pergaminho, depois desapareceu em outro relampejo e reapareceu fora da redoma. Um tentáculo negro estendeu-se e envolveu o pergaminho, desenrolou o documento e escreveu um nome na outra linha de assinatura abaixo de Shelly:

Úrsula

— Oh, você será a nadadora mais rápida — ela disse, gargalhando. — Vai nadar como um peixe!

Uma luz esmeralda irradiou pelo covil e, em seguida, houve um profundo estrondo de trovão. As correntes do oceano aumentaram. A bola de cristal se dissolveu e, mais uma vez, o oceano engoliu Shelly, sufocou-a e a expulsou do covil subaquático. Mesmo enquanto era varrida pelo oceano, podia ouvir uma gargalhada profunda que a fez estremecer de medo.

— Lembre-se do nosso acordo. Depois de vencer a disputa, volte até aqui. Você me deve um favor. Eu lhe dei algo, então, terá de me dar algo em troca.

Shelly teve um mau pressentimento sobre o que tinha acabado de fazer.

Mas preferiu não pensar nisso.

Eu tive que assinar, lembrou a si mesma. *Não tive escolha.*

Não podia perder a próxima competição. Caso contrário, corria o risco de perder as amigas e voltar para aquele horrível purgatório da *garota-nova-na-escola,* onde tinha que almoçar *sozinha* e ir para as aulas *sozinha* e fazer tudo *sozinha.* Não ter amigos era a pior coisa do mundo.

Será?

8 GUELRAS ESVERDEADAS

Shelly acordou no chão do quarto, com a mão na própria garganta.

Seus pulmões puxaram o ar, mas havia algo diferente. Não conseguia explicar. Demorou para obter oxigênio suficiente. Assim que recuperou o fôlego e sua visão clareou, foi capaz de olhar pelo quarto. A luz da manhã se infiltrava pelas cortinas e inundava o ambiente. Meio adormecida e muito grogue, ela se levantou no piloto automático e cambaleou até o armário para escolher uma roupa. Depois de se vestir, inspecionou o estado do cabelo no espelho, ponderando se dava tempo de arrumá-lo com uma prancha. De repente, enquanto mexia nas madeixas, Shelly levou um susto e recuou.

— O que é isso? — perguntou para o reflexo. Aproximou-se do espelho para verificar o que tinha visto. Havia duas fendas paralelas em cada lado do pescoço. Quando ela respirou, as fendas se abriram, e Shelly se assustou ainda mais. *O que aconteceu com meu pescoço?*

Tentou lembrar se havia se machucado na competição de natação. Mas nada lhe vinha à mente.

No dia anterior, o pescoço estava normal. Tinha certeza. Aquilo não passaria batido, difícil de perceber, como uma espinha que começava a nascer. Não, tratava-se de algo bastante evidente. Eram completamente perceptíveis, principalmente com essa coisa de abrir-sempre-que-Shelly-respirava.

— O que aconteceu comigo? — sussurrou para o reflexo, estudando as fendas do pescoço.

Uma porta bateu no corredor, o que fez Shelly pular para trás em sobressalto. Estava atrasada. A qualquer momento, sua mãe bateria na porta para avisar que o ônibus estava esperando. Precisava esconder o pescoço — e rápido. Não podia deixar que a mãe descobrisse o que tinha acontecido

Mas o que tinha acontecido?

Shelly vasculhou o armário e seus dedos encontraram um cachecol de alguma viagem que a família tinha feito, para esquiar nas montanhas, há muito tempo. Era quente demais para o inverno ameno da Califórnia, mas era feito de lã grossa, o que prometia cobertura máxima. Começou a enrolar o cachecol em volta do pescoço.

A porta do quarto foi aberta.

— Mãe, ela pegou de novo!

Dawson. O pai deles devia ter acabado de deixá-lo em casa e o garoto fora direto para a concha, sem dúvida. Seu rostinho estava vermelho e retorcido de raiva.

— Sai daqui! — Shelly gritou, fechando a porta na cara dele. Reparou na concha sobre a mesa de cabeceira. Pegou-a e a escondeu dentro do armário. Não podia permitir que Dawson a pegasse de volta; aquela concha tinha estranhos poderes. Além disso, devia um favor à bruxa do mar e precisaria do nautilus para cumprir o acordo.

Mas Dawson bloqueou a porta com o pé.

— Você não tem permissão de entrar no meu quarto! — Shelly disse. E tentou fechar a porta com uma das mãos enquanto se esforçava para terminar de enrolar o cachecol em volta do pescoço com a outra.

Felizmente, Dawson estava tão concentrado em passar pela porta que não pareceu notar o pescoço de Shelly. Pelo menos, era o que ela esperava. De repente, ouviu o *clique-claque* dos saltos altos da mãe. Eles bateram contra o tapete do corredor e pararam, o que significava que ela se aproximava.

— O que foi agora? — a mãe perguntou assim que chegou ao quarto de Shelly. — Abra a porta, por favor.

Shelly se afastou da porta com relutância.

Dawson empurrava com tanta força que, assim que Shelly soltou a porta, ele cambaleou para dentro e caiu de cara no chão. A mãe entrou logo em seguida e examinou o quarto. Quando viu Dawson fazendo beicinho no chão, ela o ajudou a se levantar e olhou feio para Shelly.

— Será que alguém pode me dizer o que está acontecendo com vocês dois?

Antes que Shelly pudesse responder, Dawson choramingou:

— Mãe, ela pegou minha concha especial de novo! Achei no quarto dela ontem, então escondi no meu aquário. Mas sumiu outra vez!

Shelly sentiu uma onda de culpa. É claro que ele tinha razão. Ela a roubara de novo. Só que não podia fazer mais nada a respeito. Com cuidado, fechou a porta do armário, onde escondera o nautilus.

Então ela se ajoelhou no chão ao lado de Dawson:

— Me desculpa, amigão, mas acho que sumiu pra sempre — ela disse e torceu para que ele deixasse por isso mesmo.

— Não é justo — Dawson fungou e parou de choramingar.

— Vou comprar um novo peixe para o seu aquário. Um de verdade! Como o Sr. Bolhas.

— Vai ter uma faixa preta também? — ele perguntou. O Sr. Bolhas tinha uma peculiar faixa preta na lateral do corpo.

— Com faixa preta e tudo.

A carranca da mãe se transformou em um sorriso de alívio quando ela se inclinou ao lado da filha.

— Obrigada, Shell. Estou muito orgulhosa de você por resolver isso com seu irmão. — A mãe conferiu o relógio. — Agora, se apressem, vocês dois, ou vão perder o ônibus e se atrasar para a escola. E, Shelly, querida, por favor, certifique-se de que seu irmão pegue a lição de casa na mesa da cozinha.

Depois que a mãe deu um beijo na testa de cada um, olhou para Shelly.

— Por que está usando um cachecol?

— É a nova moda — Shelly mentiu, enquanto segurava o cachecol no pescoço para garantir que não escorregaria.

— Essas crianças de hoje em dia... — a mãe disse com uma risada e voltou para o corredor.

Shelly reuniu seu material, pegou a lição de casa de Dawson na cozinha e amarrou os cadarços do tênis dele antes de trancar a casa e sair.

Shelly percorreu o corredor com a mão pressionada no cachecol enrolado com firmeza no pescoço.

Olhava para todas as direções, nervosa, torcendo para que ninguém notasse que ela usava um cachecol de inverno dentro da escola. O pior é que este não era seu único problema.

Ainda havia a questão do caldo de peixe morto no armário. No dia anterior, tinha recolhido todos e jogado fora para evitar que o corredor fedesse mais do que já fedia, mas ainda restavam resíduos malcheirosos. Poucos minutos depois, chegou ao seu armário e olhou com horror para a porta metálica. Algo havia sido pichado com spray, em péssima caligrafia azul-esverdeada.

AMIGA DOS PEIXES

Quem tinha feito aquilo? Seria Judy Weisberg e as nadadoras de Rio Pequeno, com mais uma pegadinha? Ou seria algum outro aluno da escola que tinha testemunhado o incidente com os peixes no dia anterior?

Prendeu a respiração enquanto colocava a combinação do armário, esperando que o fedor de peixe a atingisse em cheio. No entanto, quando a porta se abriu, não sentiu cheiro de peixe nenhum. O sumiço repentino do cheiro era tão estranho quanto a presença dos peixes no dia anterior. Como o cheiro de peixe podre poderia simplesmente desaparecer? Na verdade, seus livros e algumas canetas estavam secos, sem nenhuma mancha ou qualquer resquício de que seu armário estivesse cheio de peixes e lixo viscoso. Assim que o choque passou, sentiu-se aliviada. Mas por que o armário limpo a deixou tão incomodada?

Isso era bom, certo?

Sem cheiro de peixe morto.

Um problema a menos. Talvez o dia melhorasse, afinal de contas. Talvez não houvesse maldição nenhuma.

Uma voz familiar ecoou pelo corredor:

— Não se preocupe, limpamos seu armário — Kendall disse, aproximando-se de Shelly com Alana e Attina logo atrás. — Chegamos mais cedo na escola para te fazer uma surpresa. — Seu olhar se desviou para a tinta spray fresca. — Mas não conseguimos limpar isso.

— Não se preocupe — Alana acrescentou. — Já comunicamos a diretora.

— Sim, ela vai mandar remover a tinta e pintar até o fim de semana — Attina informou com um sorriso. — O seu armário vai voltar ao normal e ficar como novo. Talvez até melhor do que novo.

— *Vocês* limparam o meu armário? — Shelly perguntou, inundada de gratidão por suas amigas. Elas ainda a apoiavam, mesmo que Shelly tivesse perdido a disputa que lhes custara a vitória.

— Claro, bobinha — disse Kendall. — Você precisava da nossa ajuda. — Encarou novamente a pichação. — Judy e Rio Pequeno são *tão* toscas.

— Total, *hashtag* toscas — Alana disse.

— Vocês acham que *Judy* escreveu isso? — Shelly perguntou, apontando para as letras azuis.

— Tipo, é claro — Kendall disse, como se fosse a coisa mais óbvia do mundo. — Quem mais faria uma brincadeira tão idiota? Provavelmente fizeram isso para comemorar a vitória de ontem.

— Hã, é claro, total — Shelly concordou, meio vacilante e segurando o cachecol com a mão. Não podia deixar que vissem seu pescoço. Não precisava de mais problemas.

— Mas você sabe o que isso significa, certo? — Kendall perguntou.

— Hã, o que isso significa? — Shelly devolveu a pergunta.

Kendall fez uma careta impaciente.

— É ainda mais motivo para você se vingar na próxima disputa!

As gêmeas riram.

— *Hashtag* vingança — Attina disse.

Kendall enganchou seu braço no de Shelly e a puxou pelo corredor em direção à aula.

— Não se preocupe, estamos do seu lado — Kendall disse e deu uma piscadela. — A gente vai dar um jeito, pode deixar. Ah, e esse cachecol ficou meio esquisito. Mas não odiei. Certo, meninas?

Attina e Alana concordaram.

Ao entrarem na aula, Shelly sentiu uma onda de felicidade. Afinal, as amigas a protegiam. Elas se *importavam*. Elas se importaram quando Shelly quase se afogou. E se importaram quando ela sofreu a pegadinha. Até limparam a bagunça no armário. O último lugar na competição e a pegadinha tinham sido apenas obra do acaso. E seu pedido garantiria que nada disso nunca mais acontecesse. Momentos depois, o Sr. Aquino pediu a atenção da turma.

— Hoje vamos falar sobre a anatomia dos peixes — ele disse ao apagar as luzes e ligar o projetor. A imagem de um peixinho-dourado apareceu. — Vocês provavelmente aprenderam muito durante nossa excursão ao aquário.

A turma inteira riu. Ninguém gostava de Ciências, exceto Shelly. Ela tentou se concentrar na aula, mas sua mão não parava de verificar o cachecol. De repente, sentiu um pedaço de papel molhado atingir sua bochecha. Olhou para os lados. Normie fez uma careta com um beicinho de peixe.

Amiga dos peixes, ele sussurrou. Seus amigos riram do fundo da sala. Então, todos tinham visto a última pegadinha da Judy. Shelly se encolheu na cadeira, muito irritada.

O Sr. Aquino apontou a caneta *laser* para o pescoço do peixinho-dourado.

— Turma, como isso se chama?

O queixo de Shelly quase foi ao chão. O pequeno ponto *laser* pairava sobre as fendas no pescoço do peixe. Sabia *exatamente* como aquilo se chamava. Mas não era por isso que estava surtando.

Shelly enfiou a mão sob o cachecol, tocou o pescoço e sentiu as fendas.

Como ninguém respondeu, o Sr. Aquino a chamou.

— Shelly, gostaria de nos esclarecer?

Ela, entretanto, não conseguia abrir os lábios. Sua boca estava seca, como se estivesse cheia de bolas de algodão. Rapidamente, tirou a mão de baixo do cachecol. Lembrou-se das palavras da bruxa do mar e, de alguma forma, tudo se encaixou: *Oh, você será a nadadora mais rápida. Vai nadar como um peixe!*

Este foi o presente da bruxa do mar. Úrsula tinha lhe dado *guelras*! Mas não era isso que Shelly queria quando expressou seu desejo. Não queria que fosse assim. Outra bola molhada atingiu sua bochecha.

Amiga dos peixes, Normie sussurrou para ela.

O silêncio se estendeu.

Shelly começou a ter falta de ar. Seu peito parecia apertado. Os pulmões gritavam. Estava sendo difícil respirar desde que as fendas tinham aparecido no pescoço. E não era imaginação. Tinha algo a ver com as guelras. Tinha certeza.

— Shelly, está tudo bem? — O Sr. Aquino parecia preocupado.

Mas ela só conseguia pensar no pescoço, em Normie, naquele apelido terrível, e no que aconteceria se os outros alunos descobrissem suas, bem, novas partes de peixe... tudo iria piorar. Piorar muito.

— Hã, posso ir ao banheiro? — conseguiu dizer. Então, pegou o passe do corredor e saiu correndo da aula. Precisava descobrir mais sobre as guelras — e como fazê-las desaparecer antes que alguém percebesse. Shelly correu para o banheiro e verificou se havia alguém lá. Felizmente, estava vazio. Removeu o cachecol lentamente e contemplou as guelras em toda a sua glória marinha. Shelly respirou fundo e observou como se abriam e fechavam.

Seria legal — se não estivessem *no seu pescoço.* Como um experimento científico maluco.

Estava prestes a tocá-las quando ouviu alguma coisa.

O barulho veio de uma das divisórias do banheiro.

Parecia algo se debatendo na água.

— O-olá? — ela gaguejou, rapidamente enrolando o cachecol no pescoço. — Tem alguém aqui?

Ninguém respondeu. Parecia que o barulho vinha da cabine do banheiro mais próximo. A porta estava entreaberta. Shelly se aproximou e a abriu por completo. O barulho estranho definitivamente vinha de dentro do vaso sanitário.

Prendeu a respiração e olhou lá dentro.

Então, engasgou.

Um peixinho-dourado flutuava perfeitamente imóvel dentro do vaso sanitário.

Não tinha certeza, mas o peixe se parecia muito com o Sr. Bolhas. Mas... como teria parado ali? Reconheceu a faixa preta na lateral. Era o Sr. Bolhas, sem dúvida.

Shelly se inclinou mais e tentou inspecionar o peixe. Pensando bem, não podia ser o Sr. Bolhas. Muitos peixinhos-dourados eram parecidos. Só que... o que um peixinho-dourado fazia no banheiro feminino? Será que era outra pegadinha de Judy Weisberg? Ou de outro aluno da turma?

Shelly começou a se afogar em pensamentos paranoicos.

De repente, o peixe começou a se debater.

Depois, ele fez algo que assustou Shelly, e ela deu um pulo para trás.

— Me ajude! Seu irmão me deu descarga! — A voz estridente vinha do peixe.

De perto, ela podia ver que ele parecia inchado e decomposto. Os pálidos olhos mortos a encararam; a boca se contraiu no ar.

— Não, é impossível. — Shelly recuou lentamente. — Peixes não falam.

Mas o peixe continuou a gritar:

— Você é igualzinha a mim agora! Vai mudar completamente!

Shelly bateu a tampa do vaso sanitário.

O medo fez sua respiração acelerar e adrenalina correr por suas veias.

Mas o peixe continuou a gritar:

— Você vai mudar!

Com os olhos fixos na privada, foi andando para trás até sair da cabine.

E esbarrou em alguém parado atrás de si.

9
A NADADORA MAIS RÁPIDA

Shelly se virou e ficou cara a cara com...

— Kendall?

— Ei, você está aqui o maior tempão — ela disse, segurando outro passe do corredor.

— Hã, sério? — Shelly engoliu em seco, sentindo o coração disparar.

Será que Kendall também conseguia ouvir os peixes? Os olhos de Shelly se voltaram à cabine do banheiro. O medo a deixou tensa. Esforçou-se para ouvir a voz estridente que emanava sob a tampa.

— Sim, o Sr. Aquino pediu pra eu vir te buscar — Kendall explicou, enrolando o cabelo e estudando os lábios perfeitamente brilhantes no espelho encardido. — Acho que ele ficou preocupado depois que você não deu uma de *nerd* e respondeu à pergunta sobre a anatomia dos peixes.

— Que pergunta? — Shelly disse, distraída. Não era capaz de tirar os olhos do cabine.

— Sério, o que deu em você? — Kendall perguntou ao se virar para Shelly. — Parece que acabou de ver um fantasma. É por causa do Normie e daquele apelido idiota?

— Não. Não é nada. Estou bem... — De repente, lembrou-se do pescoço. Rapidamente verificou o cachecol, preocupada que, com o susto, tivesse se descuidado e revelado as guelras.

E ela tinha acabado de falar com um peixinho-dourado morto.

Kendall fixou os olhos no pescoço da amiga; depois, encarou-a desconfiada.

— Fala sério, qual é a do cachecol? É fofo, mas está uns vinte graus lá fora.

— Oh... — Shelly sentiu a boca ficar seca. — Eu só achei que, hã, pudesse ficar doente hoje de manhã. Então, minha mãe me obrigou a usar. — A mentira saltou de sua boca.

Shelly ficou mais tensa. *Será que Kendall engoliu?*

Kendall bufou.

— Mães têm a pior noção de moda. Você devia ver o que a minha comprou para mim na Para Sempre outro dia. Agora, insisto em fazer compras sozinha.

Shelly forçou uma risada, embora ainda estivesse com a boca seca e o coração disparado. O cachecol em volta do pescoço causava coceiras e estava calor. Estava começando a suar.

Depois de outra risada e um aceno de cabeça, Kendall foi para uma das cabines do banheiro.

Bem para *aquela* cabine.

— *Não!* Não entre aí! — Shelly saltou na frente de Kendall para bloquear o caminho.

— Hã, por que não? — perguntou, estranhando a atitude da amiga. — Eu sei que o banheiro da escola é supernojento. Mas, quando dá vontade de ir, a gente precisa ir. — E, com isso, passou por Shelly e abriu a porta da cabine.

Shelly se encolheu e esperou que Kendall percebesse o Sr. Bolhas.

Todavia, ouviu somente o clique da fechadura, a tampa sendo levantada, e Kendall se sentando.

O peixe morto havia sumido.

Como era possível? Como qualquer coisa que tinha acontecido era possível?

Shelly segurou o cachecol e saiu correndo do banheiro.

— Nossa, olha só o seu tempo! — comentou a treinadora Greeley, clicando o cronômetro quando Shelly bateu no final da piscina.

A menina levantou a cabeça e puxou os óculos para a testa.

— Como eu me saí? — perguntou, enquanto mantinha o pescoço submerso, só para garantir. Não queria que ninguém reparasse nas guelras. Era a primeira vez que tentava nado de peito, sugestão da treinadora, para o caso de precisarem dela na equipe de revezamento. Nado de peito era onde Kendall brilhava, enquanto o nado livre era a especialidade de Shelly.

— Não é apenas um recorde pessoal... — a treinadora Greeley analisava sua prancheta atrás de seus óculos grandes e grossos, e olhou para cima com entusiasmo. — Parece que é um novo recorde da escola!

— *Um novo recorde escolar?* Sério? Pra valer? — Shelly mal conseguia acreditar no que ouvia. Enfim, tinha começado a apreciar o presente da bruxa do mar. Não era uma maldição, afinal. Mas será que ela seria desqualificada por "trapacear" se as pessoas descobrissem as guelras? Teria que pensar nisso.

Afinal, ter guelras era trapacear. Sentiu que algo havia mudado no segundo em que tinha deixado cair a toalha do pescoço — que escondia as fendas — e mergulhado na piscina para treinar. Parecia que ela *pertencia* à água. Atravessara a piscina como um peixe. As guelras funcionavam às mil maravilhas. Não precisava mais respirar a cada braçada. Na verdade, não precisava respirar em momento nenhum, embora erguesse a cabeça de vez em quando para que ninguém desconfiasse. *Apenas pelas aparências.* Não queria que ninguém suspeitasse da garota que não precisava respirar durante as voltas. Já bastava que Normie ainda a chamasse de *amiga dos peixes.*

— Bem, não é um tempo oficial de competição — a treinadora Greeley continuou, enquanto fazia anotações na prancheta. — Não podemos marcar nos livros de registro. Mas você bateu o anterior por trinta segundos. Vejamos… — Ela analisou os registros. — Esse recorde foi estabelecido no ano passado pela Kendall.

O nome atingiu Shelly como um soco no estômago.

— Uau, trinta segundos? — confirmou. Ao mesmo tempo, não conseguia impedir que um sorriso tomasse conta do seu rosto. Talvez o acordo com a bruxa do mar tivesse valido a pena, apesar das guelras. Olhou para a piscina. As outras nadadoras, incluindo Kendall, estavam terminando o exercício. Shelly saiu e ficou ao lado da treinadora Greeley.

Na água, Kendall deu um tapa na borda da piscina. Estava com o rosto vermelho e puxava o ar com força. Chegou em segundo lugar, mas um segundo lugar com *muito* tempo de diferença. As gêmeas chegaram em seguida, também sem fôlego.

— Não tem explicação, Shelly. — A treinadora Greeley balançou a cabeça, estudando o cronômetro como se estivesse quebrado. — Você é uma nadadora totalmente diferente hoje. Qual é o segredo?

Shelly, com a toalha em volta do pescoço, encolheu os ombros e sorriu, esperando que isso fosse o suficiente. Mas, quando viu que as amigas a encaravam, disse:

— Acho que a prática faz a perfeição.

A treinadora Greeley sorriu e olhou para baixo.

— Kendall, bom trabalho. Mas vai ter que se esforçar mais! Shelly bateu seu recorde oficial. Você acredita nisso?

Kendall pareceu incrédula. Chocada, deu um abraço em Shelly.

— Eu te subestimei totalmente, Shells. Você foi muito rápida! Agora vamos vencer o campeonato, sem dúvida!

— Você até derrotou Kendall na especialidade dela. Isso, tipo, *nunca* aconteceu — observou Attina.

Kendall lançou um olhar fumegante para a garota, mas rapidamente sorriu.

— Shelly tem um talento natural para o nado de peito — ela disse.

Shelly, que já estava feliz com seu desempenho, ficou ainda mais com os elogios de Kendall.

Agora, mal podia esperar para enfrentar Rio Pequeno e Judy Weisberg novamente na próxima disputa.

Eu vou mostrar pra ela quem manda.

— Viram? Eu disse que faria melhor — Shelly exclamou, desfilando orgulhosamente para o vestiário com Kendall e as gêmeas, mantendo a toalha enrolada em volta do pescoço como um cachecol. Sentiu que seu desejo valera a pena. Agora, Kendall seria *obrigada* a continuar amiga dela.

Kendall estendeu a mão e tocou o ombro de Shelly.

— Como capitã da equipe, estou superorgulhosa de você — Kendall sorriu, e, pela primeira vez, Shelly sentiu que tinha a vantagem na amizade, como se Kendall a admirasse e não o contrário.

Attina e Alana acenaram, concordando.

— Obrigada — Shelly agradeceu.

— Disponha. — Kendall jogou os cabelos para trás e marchou para os chuveiros. Alana foi atrás, mas Attina ficou... ela tinha uma expressão incomodada.

— Olha, eu não deveria dizer nada... — Attina começou, enquanto olhava para todos os lados. Observou Kendall se afastar e não se moveu até a capitã desaparecer nos chuveiros. — Mas tome cuidado com a Kendall. Ela quer que você vença, mas não *contra* ela.

— O que você quer dizer? — Shelly franziu a testa.

Attina esperou que os chuveiros fossem ligados, o que ocultaria sua voz.

— Kendall é a *melhor* nadadora da Baía de Tritão — sussurrou. — Todo mundo sabe disso. Ela é a capitã da equipe de natação. É, tipo, a reputação dela. Se você continuar a bater seus recordes de natação, vai arruinar tudo.

— Arruinar? — Shelly perguntou.

— Sim. Derrotá-la no treino daquele jeito? E na especialidade dela? Superando seu recorde? Desfilando aqui como se fosse a capitã do time de natação? E você é melhor do que Kendall no nado de peito, assim, de repente?

Shelly sentiu o estômago revirar. Suas guelras também se agitaram e ela se sentiu culpada. Apertou ainda mais a toalha.

— Não foi minha intenção. Eu só queria deixá-la feliz. E fazer o que a treinadora mandou e o que seria melhor para a equipe!

— Bem — Attina franziu a testa —, saiba apenas que é um assunto delicado, então, tome cuidado.

— Eu só quero vencer para que a gente consiga o troféu. E para que Kendall dê sua festa.

— Olha — Attina balançou a cabeça —, você é nova por aqui, não espero que entenda tudo logo de cara. Mas isso é importante para Kendall. Se você vencê-la na próxima disputa, ela não vai esquecer. Vai por mim. Só estou dizendo como amiga.

Com isso, Attina foi para os chuveiros e deixou Shelly sozinha no banco. Ela podia sentir a toalha molhada enrolada com firmeza em volta do pescoço — e, por baixo, as guelras, que tremiam toda vez que ela respirava. Queria correr para casa e chorar, mas se forçou a ir tomar banho. Ainda de maiô, deslizou para baixo de um chuveiro e o ligou.

— Qual é a vantagem de ser a melhor nadadora se isso significa que Kendall vai me odiar? — Shelly sussurrou para si debaixo da água escaldante.

Amigas não deveriam comemorar as vitórias umas das outras?, pensou.

Pegou o frasco de xampu. A água estava pelando. Sentiu as guelras ardendo. Pensou que se transformar na nadadora mais rápida a ajudaria a *manter* as amizades, não *perdê-las.* Além desse problema, tinha guelras. Tinha assinado seu nome em ouro naquele contrato. Fizera seu pedido e aceitara o acordo. Mas, agora, quase desejava não ter feito nada disso.

Será que era tarde demais para voltar atrás?

Então, Shelly se lembrou das palavras de Úrsula: "Sem devoluções", e seu coração parou.

Sem perceber, esguichou xampu na palma da mão — mas uma gosma preta e oleosa saiu do frasco. Lambuzou toda sua mão e escorreu pelo braço.

— O quê... — engasgou e deixou o frasco cair.

A gosma continuou vazando do frasco, deixando a água preta. Aquilo lembrou Shelly de um vazamento de petróleo no oceano. Olhou para baixo. Sua mão ainda estava manchada com a gosma preta. Tentou esfregar sob a água escaldante, mas a mancha não saía.

A voz de veludo da bruxa do mar ecoou em sua cabeça: *Você não pode mudar de ideia!*

Uma gargalhada horrível invadiu os chuveiros.

— Você queria ser a nadadora mais rápida!

Shelly agarrou a toalha e saiu correndo do chuveiro, passando por Kendall e as gêmeas, que já estavam vestidas. Tentou esconder a mão e torceu para que não percebessem a mancha preta.

— O que houve? — Kendall perguntou, enquanto desembaraçava o cabelo molhado com um pente.

— Nada! — Shelly respondeu, com um tom de voz inesperadamente agudo. — Só... estou atrasada para o jantar! — E rapidamente vestiu a roupa por cima do maiô e saiu correndo do vestiário.

A gargalhada da bruxa do mar a seguiu até o estacionamento, onde sua mãe já a esperava no carro. Porém, assim que pulou no banco e fechou a porta, a gargalhada cessou.

O que está acontecendo comigo? Estou ficando louca?

E... o que eu vou fazer?

10
AFUNDANDO

Shelly esperava que o jantar a distraísse dos problemas.

Havia um monte de pacotes de comida para viagem espalhados pela mesa do refeitório no aquário. Murais coloridos com peixes, tartarugas marinhas, golfinhos, recifes de coral e outras formas de vida marinha cobriam as paredes. As janelas, que iam do chão ao teto, davam para a Baía de Tritão, onde o Sol mergulhava no oceano. A escuridão cairia em breve. Ela, o irmão e o pai tinham combinado de se encontrar no aquário depois da escola para pedir comida chinesa.

Mas o pai estava tão ocupado com um vazamento no tanque do deque superior que se esqueceu de encomendar a comida. Então, Shelly decidiu resolver o assunto: encontrou o menu de comida amassado e o cartão de crédito do pai. Quando a comida chegou, todos estavam famintos. Dawson tinha até começado a tamborilar os dedos na mesa. Shelly empurrou o *lo mein* para o irmão assim que a comida chegou, junto com os pauzinhos, mas ele comeu com as mãos mesmo.

— Desculpem pelo jantar — disse o pai, revirando seu frango com vegetais.

— Tá tudo bem, pai — Shelly disse, enquanto alcançava o camarão *kung pao*, seu prato favorito de todos os tempos.

— *Lo mein* é tipo um espaguete, só que com *shoyu* — disse Dawson, chupando o macarrão ruidosamente. — Não é legal?

— Pode apostar que sim — o pai concordou.

Shelly abriu a caixinha com sua comida e enfiou um bocado de camarão na boca. Mas, assim que atingiu sua língua, ela quase engasgou. Cuspiu tudo no prato, com nojo.

— O que houve, querida? — Seu pai a encarava, preocupado.

— Ela vai vomitar! — Dawson gargalhou.

Shelly deixou o camarão *kung pao* de lado, mas, como seu estômago roncava, contentou-se com arroz puro. *O que está acontecendo comigo?* Ela amava frutos do mar. E teve uma estranha sensação de que isso tinha algo a ver com seu desejo.

Não ficaria surpresa.

— É muito bom estar com vocês aqui, pessoal — disse o pai, erguendo os olhos da comida. — Sério, é meio solitário durante a semana, mesmo com a companhia de nossos amigos marinhos.

— Também sentimos sua falta, pai — disse Shelly e falava sério.

Enxugou rapidamente uma lágrima e terminou seu arroz.

Após o jantar, enquanto o pai trabalhava no tanque com vazamento e Dawson liberava sua energia hiperativa no parquinho, Shelly vagou pelos corredores labirínticos do aquário. Sentia-se em um mundo diferente quando estava lá — selvagem, empolgante, estranho e livre. Amava ficar ali mais do que em qualquer lugar do mundo, mas os problemas pesavam em seu coração como uma âncora.

Contemplou os corredores, que estavam vazios e pouco iluminados. Já era tarde, mas muitos funcionários e os treinadores ainda trabalhavam, limpando tudo depois de um dia agitado de visitantes, ou atendendo os animais sob seus cuidados. Normalmente, ela adoraria verificar o pH dos tanques com seu pai ou alimentar os golfinhos com reluzentes peixes prateados, mas, naquela noite, queria ficar sozinha.

Pressionou o rosto contra o vidro do tanque de Queenie:

— Como eu queria que você pudesse falar comigo…

A polvo pareceu entender. Ela nadou até o vidro, seus oito tentáculos ondulando na misteriosa iluminação subaquática do tanque.

— Sabe, estou com tantos problemas — disse ao tanque, que tinha um aspecto etéreo com os movimentos graciosos de Queenie. — Mas não posso conversar com ninguém sobre isso… e é muito ruim, me sinto sozinha...

— Oi, Shelly, o que tá pegando?

Teve um sobressalto ao ouvir a voz, mas logo relaxou.

Era apenas Enrique.

— Ah, oi! — ela cumprimentou, fingindo estar descontraída, embora ele a tivesse flagrado conversando com um polvo.

— Sabe, eu também falo com eles — ele disse, dando um sorriso conspiratório. Olhou para Queenie. — Acho que eles entendem a gente. Ou talvez seja apenas minha imaginação. O que você acha?

Quanto Shelly poderia contar sobre o que sabia?

Que havia magia profunda na Baía de Tritão? Que, realmente, parte da vida lá embaixo era capaz de compreendê-los?

— É, acho que sim — respondeu enfim.

— Né? — Enrique reparava no cachecol de lã. — Não tenho te visto muito por aqui.

— Ah, ando bastante ocupada com a nova temporada de natação — explicou, e seu humor pareceu mudar de repente. Por um segundo, esqueceu os problemas. — Eu até estabeleci um novo tempo recorde no treino.

— Uau, parabéns! — ele disse com um sorriso genuíno. — Fico feliz que tenha melhorado desde seu mergulho no oceano. Hehe, brincadeirinha.

Seus olhos se encontraram — e Enrique não tirou os olhos dela. Shelly se lembrou de quando ele a salvara no oceano. Mas, então, levou a mão ao cachecol em volta do pescoço. Não podia arriscar que ele, ou qualquer um, descobrisse as guelras. E sentiu que elas se abriam.

— Hã, é... Ei, tenho que ajudar meu pai com o vazamento no tanque. — E, com isso, saiu correndo e deixou Enrique plantado ao lado de Queenie.

Por que sempre agia de modo tão esquisito perto dele?

A verdade é que ela gostava de Enrique.

Mas sempre dava um jeito de estragar tudo.

Shelly sempre se comportava de um jeito meio, bem, como Attina diria, *hashtag* lamentável.

O que mais poderia dar errado?

Depois que terminaram no aquário e foram ao apartamento do pai para assistir a um filme de animação, Shelly colocou os recipientes de comida pela metade na geladeira.

— Ok, hora de dormir — o pai disse ao desligar a TV.

— Você é o pai *mais legal* de todo o universo — Dawson disse com um sorriso largo.

— E você é o *filho mais legal* — o pai respondeu, fazendo um cafuné na cabeça do menino. — Agora, escove os dentes. Teremos um dia agitado no aquário amanhã.

— Como nos velhos tempos — Shelly disse da cozinha. Ela amava os fins de semana em família no aquário. Era uma pequena tradição que eles cultivavam.

— Sim — seu pai sorriu. — Como nos velhos tempos.

Shelly foi até o corredor. E só então lembrou que teria de dividir o quarto com Dawson. Ele ia querer ficar tagarelando até cair no sono. Depois que ambos escovaram os dentes, vestiram os pijamas e se acomodaram em suas camas, Shelly encarou o teto.

— Não é legal? — Dawson sussurrou no escuro. — É como se estivéssemos dando uma festa do pijama!

— Ah, é... Nossa, que legal... — Shelly olhou para o irmão, resistindo ao desejo de revirar os olhos. Sabia que todas as mudanças recentes eram difíceis para ele.

— Quer contar histórias de terror? — ele perguntou, entusiasmado. — Rex me contou uma boa sobre monstros marinhos chamados sereias, que cantam belas canções para atrair marinheiros e devorá-los!

— Você sabe que eu adoro ouvir suas histórias, mas hoje estou exausta — ela respondeu. E era verdade. Mal conseguia manter os olhos abertos. Tinha sido o dia mais longo de uma série de dias longos. Estava ansiosa por um sábado tranquilo no aquário.

— Tá bom... — ele disse com a voz tristonha. — Eu queria estar com o Sr. Bolhas. Ele sempre ficava acordado. Até...

O dia em que ele foi para o oceano no céu, Shelly pensou, terminando a frase de Dawson em sua mente. Sentiu-se ainda pior por ser uma péssima irmã. Fechou os olhos e só queria dormir.

Pinga... pinga... pinga...

Shelly acordou assustada. Não sabia quanto tempo tinha dormido. Se tivesse que adivinhar, diria que estava no meio da noite. Ouviu os roncos de Dawson. Foi *isso* que a acordou?

Ficou atenta à escuridão.

Pinga... pinga... pinga... o ruído não era alto, mas estava enlouquecendo Shelly.

Levantou-se da cama, saiu do quarto e atravessou o apartamento no piloto automático. Foi o que pensou, a torneira da cozinha estava pingando. Tentou fechar, mas, quando girou o registro, a torneira começou a pingar ainda mais. E mais. Intrigada, tentou girar para o outro lado, mas a água continuava a pingar. Shelly acendeu a luz e colocou a cabeça perto do buraco para estudar o problema. De repente, água escura jorrou da torneira.

Não parecia água. Parecia mais... *tinta de lula.*

Como a que tinha caído em suas mãos do frasco de xampu no vestiário.

E estava enchendo a pia, quase transbordando.

Em seguida, pedaços de algas marinhas dispararam do ralo da pia e agarraram seu pescoço. Apertaram e começaram a puxar seu rosto em direção à água negra e pútrida.

Shelly lutou para se livrar, tentando estraçalhar as plantas fibrosas com as unhas. Queria gritar, mas mal conseguia respirar, e seu rosto começou a mergulhar na pia. Lixo flutuava sob a água contaminada. Tentou respirar, mas sacolas plásticas entupiam suas guelras. Shelly começou a ver estrelas. Uma voz reverberou em seus ouvidos.

Pobre coração infeliz! Não se esqueça do nosso acordo — senão...

Ela gritou sob a água negra.

11
Envolvida nas teias

O pai de Shelly acendeu todas as luzes da cozinha.

— Ei, tudo bem? Ouvi você gritar. — Ele estava de pijama e tinha os cabelos despenteados.

Shelly olhou para o pai em pânico, agarrando o próprio pescoço, mas não havia nada enrolado nele. Felizmente, o pai ainda estava meio sonolento, então ele não viu as guelras. Esse, porém, era o menor dos problemas de Shelly. Quase tinha se afogado na pia da cozinha, que, agora, estava vazia, sem tinta preta ou lixo plástico.

— Hã, eu... eu acho que estava sonâmbula — ela gaguejou. A mentira escapou de seus lábios.

— Está tudo bem? — O pai estava desconfiado.

— Não. Quer dizer, sim. Estou bem — respondeu, esforçando-se para desacelerar a respiração.

Seu pai pegou um copo e o encheu com água da torneira, diante do que Shelly ficou horrorizada.

Mas somente água limpa enchia o copo.

Shelly suspirou de alívio quando seu pai tomou um gole lento de água. Assim que o copo esvaziou, ele sorriu e o segurou contra a luz.

— Não sei por que todo mundo insiste em comprar filtros caros hoje em dia — comentou. — A água da torneira da Baía de Tritão é cristalina e tem um gosto ótimo.

— É. Também acho. — Shelly sorriu e esfregou os olhos. — Bem, é melhor eu voltar pra cama.

Shelly não conseguiu pregar os olhos. Ouviu o *pinga, pinga, pinga* da torneira da cozinha a noite inteira. Não parava de pensar nas algas que agarraram seu pescoço e a puxaram para a água contaminada. Finalmente, amanheceu. Afastou as cobertas e passou as mãos pelo cabelo, mas havia algo estranho. Seu cabelo enroscava, mas não passava pelos dedos. Baixou as mãos para inspecioná-los e sentiu o estômago embrulhar. Não. Não podia ser.

Havia uma membrana unindo seus dedos.

Em pânico, olhou para os pés.

Também tinham a membrana.

A pele fina e translúcida se esticava entre os dedos das mãos e dos pés, conectando um dedo ao outro. Assustada, esperou Dawson acordar e sair do quarto, então correu até o armário do corredor e procurou um velho par de luvas de trabalho do pai. Combinado com o cachecol, era o melhor que podia fazer para esconder suas novas anormalidades. Sabia que estava ridícula, mas, felizmente, sua família não costumava julgar gostos de roupa.

À mesa da cozinha, o pai reparou nas antigas luvas de trabalho combinadas com o cachecol de lã.

— A nova tendência da moda, né? — Ele riu. — Nos meus dias de grunge, eu usava as botas de trabalho do meu pai e camisa de flanela para ir à escola. — Ele deu um tapinha nas costas da filha, e Shelly temeu que o cachecol caísse. — Que bom que minhas luvas velhas ainda servem para alguma coisa — disse com uma piscadela.

Ir ao aquário — o que geralmente animava Shelly — não foi melhor do que a noite sem sono.

Em vez de conversar com a equipe enquanto trabalhavam ou alimentavam os golfinhos ou tubarões-de-recife ou qualquer um de seus animais marinhos favoritos, Shelly procurava algum lugar para se esconder. Os túneis sob a exibição principal pareciam uma boa escolha. Ela entrou no corredor escuro. Estava iluminado apenas pela estranha luz que emanava do tanque, projetando sombras estranhas. Peixes e outros animais marinhos passavam pelas escotilhas. A provocação *amiga de peixe* ecoava em sua cabeça. Shelly tentou desviar o pensamento.

— Talvez eles tenham razão — sussurrou para seu reflexo. — Aqui é meu lugar... — Pressionou o rosto contra o vidro, sentindo-se sozinha e incompreendida. Cada peixe que passava a lembrava do que estava acontecendo. Seus olhos se fixaram no navio pirata afundado e no tridente corroído, coberto de cracas, e, então, um brilho dourado captou sua atenção.

O tridente era velho e enferrujado. Como podia *brilhar* assim?

Concentrou-se na lança trifurcada.

Aconteceu novamente.

Outro *flash* de luz. Outro brilho de ouro.

De repente, um tentáculo bateu no vidro.

Shelly saltou para trás com o susto.

Era Queenie. Pelo menos, dessa vez Shelly sabia que não estava enlouquecendo. Queenie era real. A bruxa do mar... bem, Úrsula não podia ser real, mas como poderia explicar os dedos membranosos e as guelras no pescoço? Shelly estremeceu. A polvo flutuou diante da escotilha, quase como se quisesse dizer olá. Seus longos tentáculos ondulavam.

— Oi, Queenie! — Shelly cumprimentou. Àquela altura, a polvo estava praticamente se tornando sua melhor amiga. — Você sabe o que está acontecendo comigo?

A polvo pareceu sacudir o corpo, como se respondesse não. Mas Shelly sabia que era apenas uma ilusão de óptica causada pela água.

— É, nem eu — sussurrou. — Não queria que isso tivesse acontecido... não assim.

Olhando em volta para certificar-se de que estava sozinha, tirou a luva lentamente e estudou a própria mão. A membrana se esticava entre cada dedo. Quando tocava, parecia sua pele. Beliscou e estremeceu com a dor. Não conseguia nem tirar os tênis para olhar os dedos dos pés. Seus olhos se encheram de lágrimas. Escondida no escuro, com os peixes, caiu de joelhos e se abraçou. Não percebeu a figura que a observava do corredor.

Ele tinha ouvido tudo o que ela havia dito.

— Oi, Shelly, você está bem?

A garota olhou para cima, assustada. Seus olhos encontraram Enrique, que estava encostado na parede, nas sombras, e imediatamente vestiu a luva de volta. Levantou-se e olhou para ele com uma mistura de vergonha e medo. Por que ele continuava a pegá-la de surpresa? Será que não tinha nada melhor para fazer?

— Há quanto tempo você está aqui? — ela perguntou.

— Não muito — ele respondeu. — Mas o suficiente para ver que você parece chateada.

Será que ele tinha visto suas mãos?

— Eu estou bem. Apenas cansada — ela disse. O que não era exatamente uma mentira.

Enrique franziu o cenho em uma expressão preocupada. Não estava convencido. Shelly sabia que ficava ainda mais ridícula com as luvas que escondiam os dedos membranosos. Queria confiar nele — falar com alguém sobre seus problemas — mas não podia arriscar. Ninguém podia vê-la daquele jeito. Não que Enrique já não a tivesse visto em situações piores. Afinal, tinha sido ele quem a salvara de se afogar no oceano.

— Eu tenho que ir — Shelly disse. Fugiu pelo corredor, deixando Enrique sozinho.

12
A PEGADINHA DO DIA

Shelly envolveu o pescoço com uma toalha e enfiou as mãos debaixo das axilas.

Em seguida, correu do vestiário para a grande disputa de natação. Não podia deixar que ninguém percebesse sua anatomia marinha. Foi assim que ela começou a pensar no assunto. Percebeu que Kendall lhe lançou um olhar estranho, sem dizer nada. Kendall estava pronta para o desafio. Era a revanche contra Rio Pequeno. Isso significava apenas uma coisa: Shelly ia enfrentar Judy Weisberg novamente nos cinquenta metros de nado livre. Mas, por enquanto, podia relaxar. A primeira disputa era a de Kendall no nado de peito. Judy também nadava naquela modalidade, e Shelly estava pronta para torcer por Kendall de corpo e alma. Estava prestes a sentar no banco quando a treinadora Greeley bateu na prancheta e disse:

— Prepare-se, Shelly! — e apontou para o bloco de partida da raia do meio.

— Mas eu não participo do nado de peito. — O coração de Shelly disparou.

— Depois do seu desempenho recorde no treino, participa! — a treinadora exclamou.

Shelly olhou para Kendall, que lhe retribuiu com uma carranca que Shelly nunca tinha visto.

— Ai, tudo bem — disse a menina e subiu no bloco. Agora, tinha que nadar rápido o suficiente para vencer Judy, mas não tão rápido a ponto de chatear Kendall.

Ok! Podia fazer isso. Só precisava prestar atenção nas posições de Kendall e Judy na água. Felizmente, sua raia estava situada bem no meio.

Estimulada por sua estratégia, Shelly respirou fundo e encarou Judy Weisberg. Judy respondeu, agressiva:

— Boa sorte, amiga dos peixes. Você vai precisar.

— Vai por mim — Shelly rebateu, ainda mantendo a toalha sobre os ombros —, você não vai me vencer desta vez.

A sineta soou.

Shelly largou a toalha e mergulhou de cabeça na piscina. Cortou a água mais rápido do que antes, suas guelras abriam e fechavam, enchendo-a com todo ar de que precisava, as membranas nas mãos e nos pés impulsionando-a em alta velocidade pela água.

Na verdade, estava rápido *demais*.

Shelly tentou desesperadamente diminuir o ritmo, mas não conseguiu. Não importava o que fizesse, nadava cada vez *mais rápido*. Seus braços e suas pernas pareciam ter vontade própria. Começou a entrar em pânico, mas não havia nada que pudesse fazer, exceto continuar nadando.

Por que não conseguia diminuir o ritmo? Então, horrorizada, finalmente entendeu. Tinha desejado se tornar *a nadadora mais rápida*. A bruxa do mar concedera exatamente esse desejo. O que Shelly não sabia é que não teria controle. Não podia mais nadar devagar. Não importava o que fizesse, sempre seria a nadadora mais rápida. Para sempre. Depois da primeira volta, já estava várias braçadas à frente de Judy e das outras nadadoras. Após a segunda volta, estava com metade da piscina de vantagem. Nadava mais rápido do que qualquer ser humano era capaz. Depois de ultrapassar todas as outras competidoras na piscina, bateu a mão na borda e esperou.

Então eu posso *parar de nadar,* pensou, aliviada. Shelly conferiu o placar e seus olhos se arregalaram de alegria — e medo. Era um novo recorde, mas, embora quisesse vencer Judy e a disputa, não queria vencer assim. Lembrou-se do aviso de Attina. Kendall ficaria *chateada* se Shelly superasse o tempo dela na disputa. Enquanto todos nas arquibancadas estavam concentrados no placar, Shelly saiu da piscina e se enrolou na toalha, sentindo-se derrotada. Do banco, observou as outras nadadoras, que lutavam para terminar a última volta.

A treinadora Greeley correu até ela com prancheta e cronômetro na mão.

— Ótimo trabalho, Shelly! — ela exclamou. — Um novo recorde escolar! E desta vez é oficial! Melhor, é ainda mais rápido do que o seu tempo no treino. Uau! Que show!

— Obrigada — a menina disse timidamente. Enquanto a treinadora Greeley rabiscava mais anotações na prancheta, Shelly olhou para sua equipe. Estavam fora da piscina e corriam em sua direção, torcendo por ela junto com a multidão nas arquibancadas; infelizmente, seus pais não estavam lá.

Kendall, no entanto, não parecia nada feliz.

Saiu da piscina e seus olhos encontraram os de Shelly — e a encarou com ferocidade. Alana e Attina estavam mortificadas. Ambas sabiam o que tinha acabado de acontecer. Sabiam que Shelly havia roubado o recorde de Kendall. E desta vez, como a treinadora disse, era oficial.

A treinadora Greeley deu um tapinha nas costas de Shelly enquanto se dirigia ao resto da equipe.

— Parece que temos uma nova campeã na Baía de Tritão! — Ela sorriu para Shelly, que se encolheu.

Kendall parecia prestes a explodir de fúria. Sua expressão lançou um arrepio pela espinha de Shelly. O único motivo de ter desejado o que desejou — o motivo pelo qual tudo aquilo estava acontecendo — é porque não queria perder as novas amigas. Só que o desejo não tinha ajudado em nada. Na verdade, tinha piorado tudo. Kendall a odiava. E sem dúvida as gêmeas também.

— Shelly, aonde você vai? — a treinadora Greeley gritou.

Shelly estava quase na porta do vestiário, as lágrimas ardiam em seus olhos e embaçavam sua visão. Tentou se trocar rapidamente antes que o resto da equipe chegasse. Precisava colocar as luvas e prender o cachecol em volta do pescoço. Não podia arriscar que alguém a visse sem seu disfarce.

Pegou as luvas e colocou uma, mas estava tão agitada que deixou a outra cair no chão. Abaixou-se para pegá-la quando alguém pisou na luva. Shelly ergueu a cabeça. Kendall olhava para ela. Ela examinou a mão exposta de Shelly — e a membrana entre os dedos.

— O que é isso? — O rosto de Kendall se contorceu de nojo. — Você *trapaceou,* por acaso?

Shelly puxou a luva de baixo do pé de Kendall e a vestiu.

— Não. De jeito nenhum!

— Você está agindo bem esquisito. — Kendall estava superdesconfiada. — E como foi capaz de superar o *meu* recorde?

— O quê? Por quê? Você não queria que eu ganhasse? — Shelly perguntou, com medo da reação da amiga. — Para que pudéssemos vencer Rio Pequeno? Foi o que eu fiz. *Conseguimos!* O que importa quem chegou primeiro, desde que o troféu seja nosso?

— Quem se importa com o troféu? Você só queria se exibir. Você tá se achando e ninguém gosta disso. — Kendall fitou a luva na mão de Shelly. — Ou de trapaceiras! — E, com isso, Kendall saiu, furiosa.

Shelly sentiu como se tivesse levado uma queimadura de água-viva bem no coração.

Escondeu-se nos chuveiros até que todas as meninas fossem embora e então voltou para o vestiário. Quando abriu o armário e tirou a mochila, sentiu a concha alojada ali. *A concha do nautilus que começou esta cadeia de eventos malucos.* Era por causa da concha e da bruxa do mar que estava naquela confusão. Claro, sua vida não era perfeita antes do seu pedido. Mas era melhor do que isso. As provocações *amiga dos peixes* reverberaram em sua cabeça.

Seu corpo estava se transformando em um peixe. Será que voltaria ao normal algum dia?

Pegou a concha e a examinou, e em seguida — quase por impulso — jogou-a na lixeira. Esperou que algo terrível surgisse, mas nada aconteceu. Suspirou. Foi como se um peso enorme tivesse sido tirado de seus ombros. *Já vai tarde,* pensou. Voltou para a piscina interna. Shelly só conseguia pensar na cara de nojo de Kendall. A expressão pairava em sua memória a cada passo que dava. Sua mãe já devia estar no estacionamento, pronta para levá-la para casa. Estava escuro e sombrio quando Shelly passou pela piscina. As luzes principais já haviam sido apagadas. Só as luzes da piscina brilhavam, projetando sombras estranhas e bruxuleantes nas paredes. Shelly caminhou ao longo da beirada.

De repente, viu de relance uma sombra se mover sob a água. Criou uma marola que foi de uma extremidade da piscina à outra. Ao ver isso, Shelly parou com uma derrapada, e seu coração começou a bater forte.

— Olá... tem alguém aí? — gritou, enquanto olhava para a piscina.

Então, viu novamente. Havia *algo* na água.

Olhou por cima da borda da piscina, para dentro da água azul-esverdeada.

Olhos brilhantes se fixaram nos dela. Shelly cambaleou para trás e correu.

Mas um tentáculo escuro e grosso disparou para fora da água e agarrou seu tornozelo.

— Não! Me larga! — ela gritou, cravando as unhas no tentáculo para tentar se libertar. Mas o tentáculo a puxou para perto da borda da piscina, onde os olhos brilhantes e a sombra escura esperavam por ela logo abaixo da superfície da água. Shelly cambaleou em direção à piscina, cada vez mais perto, tentando ao máximo se libertar. Uma gargalhada reverberou pelo ginásio. Era a bruxa do mar.

— Pare! — Shelly gritou, lutando para libertar sua perna do tentáculo.

Tentava se agarrar ao chão de cimento enquanto o tentáculo a puxava cada vez mais para perto da piscina. Os olhos a observavam, sem piscar. Shelly estava a centímetros de cair dentro da água.

— *Esqueceu o nosso acordo?* — Úrsula gargalhou. — *Você me deve um favor!*

— Mas eu não quero mais o meu desejo! — Shelly gritou, enquanto o tentáculo apertava. — Eu não queria que fosse assim!

— *Sem devoluções, minha querida! Venha para o meu covil, senão...*

Shelly lutou contra o tentáculo, bateu na carne viscosa e, finalmente, a coisa a largou e escorregou de volta para a piscina. A menina correu o mais rápido que pôde. A bruxa do mar não poderia segui-la fora da água — poderia? *Estou sonhando,* pensou. *É a única explicação. Não é real.*

Mas, quando chegou ao estacionamento, olhou para o tornozelo. Havia vergões vermelhos onde as ventosas do tentáculo a agarraram. Trêmula, esfregou a pele com cuidado.

Shelly sentou-se no banco de trás da minivan de sua mãe, entorpecida pelo susto. O tornozelo latejava. Suas melhores amigas pensavam que ela era uma aberração. E a pior parte é que

Kendall tinha razão. Ela *era* uma aberração. E uma trapaceira. Não merecia a pontuação mais alta. E sem dúvida não merecia as amigas. Enquanto o carro seguia pela autoestrada ao longo do oceano, Shelly desviou o olhar para o mar aberto.

Sua cabeça foi ocupada por um pensamento: ela tinha que descobrir um jeito de acabar com tudo isso, de uma vez por todas. Shelly teve a sensação terrível de que a bruxa do mar não a deixaria esquecer o acordo tão facilmente. Escapara desta vez, mas talvez não tivesse tanta sorte da próxima.

13
POBRE CORAÇÃO INFELIZ

Naquela noite, Shelly pedalou de volta à piscina, em pânico. As gargalhadas da bruxa do mar ecoavam em sua cabeça.

Esqueceu nosso acordo? Você me deve um favor!

Shelly precisava dar um jeito de acabar com os jogos da bruxa do mar. Tinha de cumprir sua parte no contrato que havia assinado, ou a bruxa não desistiria de assombrá-la e arruinar sua vida. Era a única solução. Precisava encontrar o nautilus que havia jogado fora — e voltar para o covil da bruxa. Tinha que descobrir o que Úrsula queria com ela.

Mas não podia confiar na bruxa do mar. O "dom" de se tornar a nadadora mais rápida revelara-se uma terrível maldição. Sim, vencera o torneio de natação e Judy Weisberg, mas perdera as amigas, estava se transformando em um peixe e precisava esconder seu corpo. E estava piorando.

Pedalou mais rápido. O Sol já começava a se pôr. Um vento forte a fez estremecer enquanto estacionava a bicicleta e corria até o ginásio da piscina perto da escola. A porta estava trancada. Sabia que não deveria se surpreender. Já era tarde.

Shelly vasculhou o lado de fora até encontrar a janela que dava para o vestiário feminino. Estendeu a mão e empurrou para abrir, então deslizou para dentro e pousou no ambiente escuro. Correu para a lixeira onde havia jogado a concha — mas estava vazia.

— Como sou burra — Shelly murmurou entredentes. — Mas não posso desistir!

Se os funcionários tinham esvaziado as lixeiras, então o conteúdo estaria na caçamba de lixo lá fora. Rastejou de volta pela janela, lembrou de fechá-la assim que saiu e circundou o prédio até chegar à lixeira nos fundos. Shelly foi golpeada pelo fedor assim que abriu a tampa. Cobriu o nariz com os dedos e vasculhou o lixo até que viu um brilho suave que vinha da parte de trás da lixeira.

Será? Esticou o braço e quase escorregou para dentro da caçamba enquanto vasculhava o lixo nojento; então, sentiu o contorno sólido da concha. Assim que seus dedos tocaram o nautilus, experimentou a sensação familiar, porém ainda aterrorizante, de ser sugada para dentro do oceano e ao covil de Úrsula. Pressionou as palmas das mãos contra o vidro da bola de cristal.

— Não teve pressa de retornar, não é? — Úrsula murmurou. A bruxa do mar não parecia feliz.

Shelly conseguia ver apenas a silhueta da bruxa que nadava pelo covil pouco iluminado. Percebeu os tentáculos e, depois, teve um vislumbre do largo sorriso maligno de Úrsula.

— Eu quero devolver o meu desejo! — Shelly gritou às sombras. — Não era isso que eu queria! Não quero mais ser a nadadora mais rápida! Não quero guelras nem membranas nos meus dedos! — Ela segurava o nautilus na mão. Sua mão com *membranas.* Jogou o braço para trás e bateu a concha contra o vidro. Magicamente, o nautilus passou pela barreira e flutuou para o covil de Úrsula. Por um minuto, nada aconteceu. Em seguida, voltou em alta velocidade para a bola de cristal — trazendo algo junto.

Era o copo de café amassado com os dois canudos.

Aquele que Shelly havia jogado no oceano antes de tudo dar errado.

Shelly olhou para o copo, pegou-o e o inspecionou. O que significava aquilo? O que tudo aquilo significava? Tinha jogado o copo no oceano e agora retornara às suas mãos. Derrotada, sentou e chorou, agarrada com força à concha.

— Eu desejo que isso nunca tivesse sido assinado. Gostaria de poder voltar atrás...

No segundo em que tais palavras saíram de sua boca, o covil começou a se agitar furiosamente com uma corrente.

Uma gargalhada ecoou nas sombras.

— *Sem devoluções, minha querida! Você assinou o contrato!*

A sombra de um enorme corpo com tentáculos flutuou do lado de fora da bola de cristal.

— Mas eu não queria que tivesse acontecido dessa forma — Shelly argumentou, sentindo o coração disparar. — Por favor, cancele o acordo. — Ela ergueu as mãos e mostrou os dedos. — Estou me transformando em um *peixe*!

— Bem — a bruxa do mar gargalhou —, de que outra forma você esperava se tornar *a nadadora mais rápida*?

— Por favor, cancele tudo — Shelly implorou. — Faço o que quiser. Só pare com isso!

— *Qualquer* coisa, minha querida?

— Sim, eu juro. Qualquer coisa!

— Oh, pobre coração infeliz — disse Úrsula, em tom compreensivo. — O momento não poderia ser mais apropriado.

Shelly sentiu uma pontada de esperança.

— Basta me dizer o que você quer e eu faço.

— Nesse caso — a bruxa do mar bufou —, quero o tridente que está no aquário da sua família.

— Está falando daquele tridente velho? — Shelly estranhou. — Da exposição principal? Mas é só um cacareco falso para entreter turistas. Por que quer aquele negócio?

— Tantas perguntas para alguém em uma situação tão *precária* — Úrsula suspirou. — Parece até que não quer me ajudar...

— Não, não foi isso que eu quis dizer! — Shelly voltou atrás. — Pode deixar. Eu só não entendo por que você o quer ou por que você mesma não pega. Afinal, você é poderosa. Por que eu? Eu... não sou ninguém.

— Ora, minha cara. Você é *exatamente* quem eu preciso. E, depois, não posso fazer isso sozinha — Úrsula reclamou, exasperada. — Você conhece toda a segurança daquele lugar. Peixes conversam.

— Bem, e o que faz você pensar que *eu* posso pegar o tridente?

— Vocês acreditam na Shelly, não é, meninos? — Úrsula disse.

Com isso, duas enguias-do-mar — moreias, se Shelly tivesse que adivinhar — nadaram ao redor da bola de cristal. Cada uma tinha um olho amarelo brilhante — iguais aos que ela tinha visto no oceano: os olhos que divergiram e nadaram em direções opostas.

Shelly teve um mau pressentimento.

— Mas por que você quer tanto o tridente?

— Isso não é problema seu. Preocupe-se apenas em recuperá-lo para mim. Então, o seu mundo voltará ao normal. Sem guelras. Sem membranas nas mãos. Agora, sem mais perguntas, queridinha. É sua única chance. Faça isso ou se tornará um peixe... para sempre!

— Não! — Shelly entrou em pânico. — Pode deixar! Só me prometa que vai cancelar meu desejo e eu faço isso para você.

— Minha querida, você tem quarenta e oito horas — disse a bruxa do mar, com sua voz cavernosa. — Caso contrário, será tarde demais para reverter seu desejo. E ele se tornará permanente. Você entendeu?

Shelly se sentiu dividida e profundamente perturbada, mas não tinha escolha. Não podia se transformar em um peixe! Tinha que fazer exatamente o que a bruxa do mar queria.

— Sim, eu entendo — respondeu. — Deixa comigo. Vou pegar o tridente e trazê-lo aqui.

Uma gargalhada profunda emanou da escuridão.

— Não falhe, senão...

Lentamente, o covil se dissolveu em nada, e a bruxa do mar sumiu com o lugar. Por último, os dois olhos brilhantes das enguias desapareceram nas sombras aquosas.

14

NADAR OU AFUNDAR

— Por que esse tridente é tão importante? — Shelly se perguntou.

Olhou através do vidro grosso enquanto turistas andavam pelo lugar, espantados e maravilhados com a exposição principal. O tubarão-de-recife passou pelo vidro, provocando gritos animados da multidão.

Shelly foi a única que não se abalou. O tubarão era inofensivo; só *parecia* assustador.

Além disso, ela precisava pescar um peixe maior.

Manteve os olhos fixos no tridente da exibição principal, enquanto tentava processar tudo o que tinha acabado de descobrir com a bruxa do mar. As pontas apontavam para cima. O tridente em si estava corroído e coberto de cracas.

Atrás dele, um baú de tesouros jazia recheado de falsas joias preciosas e moedas de ouro antigas. Ou, pelo menos, Shelly *pensava* que eram falsas. E, então, lembrou-se do outro dia. O velho tridente havia reluzido com uma luz dourada. Pensara que tinha sido uma ilusão de óptica — uma mudança da luz do Sol filtrada através da água —, mas e se fosse outra coisa?

Um navio pirata afundado amontoava-se sobre o cenário, enquanto peixes, tubarões e a tartaruga-de-couro nadavam pela exibição. A luz do Sol resvalava sobre os objetos, tremeluzente. O tridente realmente parecia um pedaço de lixo enferrujado. Mas Shelly percebeu novamente um brilho dourado quando a luz do Sol mudou, o mesmo brilho que havia percebido no outro dia. Não era ilusão de óptica.

Talvez fosse um instrumento mágico. E, se fosse, o que a bruxa do mar planejava fazer com ele? Para o que o usaria? E como a família de Shelly se envolvera nessa situação?

Enrique apareceu atrás dela, segurando um balde de peixes para alimentar os golfinhos. Ele sempre vinha depois da escola, para ajudar seu irmão, que ainda fazia estágio.

— O que aconteceu? Parece que você viu um fantasma.

Shelly mordeu o lábio. Não podia contar, *podia*? Enrique diria que ela estava imaginando coisas. Talvez até tirasse uma onda com a cara dela. Ela começou a se virar, mas ele a deteve.

— Anda, fala logo — ele disse com um sorriso travesso. — Prometo que sou bom em guardar segredos. Os golfinhos sempre me contam fofocas. Minha boca é um túmulo.

— Os golfinhos fofocam? — Shelly sorriu, apesar de suas preocupações.

— Sim, são piores do que o clube do livro do meu pai — o garoto sorriu, mas depois ficou mais sério. — Olha, eu te vejo aqui o tempo todo. E, ultimamente, você anda meio... *esquisita*.

— Esquisita? — ela perguntou, assustada, nervosa por pensar que ele havia descoberto seu segredo. — Como assim?

— Agitada. Quieta. Fugindo de mim. — Ele franziu a testa. — Você nunca teve medo antes. É o que mais gosto em você. Mas alguma coisa mudou. Desde que te tirei do oceano, quando você quase se afogou.

Shelly hesitou. Ele tinha razão — tudo começara quando ela havia deixado aquele copo de café estúpido cair intencionalmente no oceano e fora engolida pela onda. Enrique salvara sua vida. Ela não deveria confiar nele? Mas algo a deteve. Shelly lembrou da expressão de nojo de Kendall no vestiário quando ela vira a mão dela.

— Por que está tão preocupado? — Shelly perguntou, melancólica. — Não é problema seu.

— *Nerds* da ciência precisam se apoiar, certo? — ele sorriu, encorajador.

— Então prove. Qual é o nome daquele peixe? — Shelly apontou para um radiante peixe laranja e branco que flutuava sobre um mar de tentáculos azuis cintilantes de anêmonas. Seu rostinho adorável estava virado para frente.

— Peixe-palhaço... também conhecido como peixe-anêmona.

— Certo. E quais são seus atributos? — Shelly o pressionou.

Enrique estudou o peixe acariciado pelos tentáculos das anêmonas.

— Bem, é chamado de peixe-anêmona porque tem uma relação simbiótica com anêmonas-do-mar. Os tentáculos da anêmona são venenosos, mas não para o peixe-palhaço. Esses tentáculos o protegem contra predadores.

— E aquilo? — Shelly apontou para dois olhos na areia.

— Um linguado, óbvio. — Ele revirou os olhos. — Na próxima, me pergunta algo difícil, beleza?

Shelly deu uma risadinha. Enrique realmente era um *nerd* da ciência, como ela. Por um momento, seus problemas se dissolveram, mas, de repente, inundaram sua mente de novo, como uma correnteza. Ela olhou ao redor e baixou a voz.

— Tudo bem, algo aconteceu... — ela começou, apesar de se sentir completamente paranoica. Turistas circulavam pelas exibições. — Mas você tem que me prometer que não vai pensar que estou louca.

— Eu juro — ele disse. — Juro.

— E não podemos conversar aqui — ela acrescentou. — Precisamos ir para algum lugar mais vazio.

Ele ergueu o balde de comida de golfinhos.

— Eu sei exatamente onde.

Shelly e Enrique foram para o deque, onde o aquário dava para o mar aberto. As ondas rolavam inquietas à distância, enquanto nuvens surgiam no alto. Parecia que uma tempestade se aproximava, vinda do Pacífico. Ventos frios sopravam da água e bagunçavam seus cabelos, carregando consigo o forte cheiro do mar. Era um cheiro que Shelly amava, mas que agora a lembrava do mal.

Em vez de ficar do lado de fora com os turistas, Enrique puxou Shelly para os bastidores, atrás da exibição de golfinhos, onde apenas os treinadores de golfinhos eram permitidos. Avisos de ENTRADA PROIBIDA haviam sido colocados, mas Enrique os ignorou. Ele já era praticamente membro da equipe. Fazia tempo que ia até lá com Miguel, seu irmão, e ajudava e aprendia tudo — pelo jeito, também analisava Shelly, como se ela fosse uma criatura interessante.

Enrique jogou alguns peixes para os golfinhos, que se aglomeraram, empolgados. Ele deu um tapinha na cabeça de Lil'Mermy quando ele apareceu na beirada.

— Bom menino — ele disse, enquanto o golfinho chiou e pegou outro peixe no ar.

— Ele é mesmo — Shelly concordou, esquecendo suas preocupações por um momento. Os golfinhos tinham efeito nela. E, por mais que Shelly odiasse admitir, Enrique também. Lembrava-se de quando Lil'Mermy nascera naquela primavera no aquário. Era muito importante ter um recém-nascido em cativeiro. O pequeno golfinho bebê havia crescido e hoje era praticamente um adolescente travesso. Bem, o equivalente golfinho de um adolescente, pelo menos.

— Lembra quando ele roubou o boné do meu irmão? — Enrique perguntou e jogou outro peixe.

— Fiquei sabendo — Shelly deu risada. — Ele agarrou direto da cabeça dele e segurou na boca pelo resto da exibição.

— É, meu irmão não ficou feliz com aquilo. — Enrique sorriu. — Ele ainda tinha os adesivos originais.

— Riscos de trabalhar em um aquário — ela disse, sorrindo para o grupo de golfinhos que mastigavam alegremente seus lanches. — Sabe, às vezes acho que eles são mais espertos do que nós. E sem dúvida são mais sensíveis — Shelly disse, enquanto fazia carinho em Lil' Mermy. — Basta olhar nos olhos deles.

O golfinho ronronou e guinchou em agradecimento.

Enrique virou para Shelly. Seus olhos se encontraram.

— Isso é tão estranho — ele disse com um sorriso. — Pensei que eu fosse o único que acreditava nisso.

— Hã, eu também — Shelly disse, também sorrindo.

Quando Enrique terminou de alimentá-los, Shelly o conduziu até a passarela sobre os tanques, onde a dupla se sentou, com os pés balançando sobre o tanque dos golfinhos. Ela olhou para as luvas que escondiam seus dedos. O cachecol permaneceu enrolado firmemente em seu pescoço. Enrique cutucou o ombro de Shelly.

— Ei, sério, não pode ser tão ruim.

— Você não faz ideia — ela suspirou.

— Me conta — ele pediu e cutucou Shelly de novo. — Prometo que não vou julgar. É sobre seus pais?

Ela balançou a cabeça, negando.

— Você vai me chamar de *nerd* ou amiga dos peixes, como todo mundo.

— Bem, eu gosto de *nerds*. Principalmente daqueles que gostam de biologia marinha.

Shelly hesitou. A cara de nojo que Kendall fizera no vestiário lhe veio à mente.

Mas, então, ela olhou para Enrique — seus olhos meigos, as covinhas fundas nas bochechas. Ele não era como os outros garotos. Nenhum dos dois era. E isso era agradável. Shelly sentiu que ele poderia compreendê-la. Parecia valer a pena arriscar. E, depois, ela estava muito estressada por carregar esse segredo. O que tornava os problemas insuportáveis, Shelly pensava, é que ela tinha que lidar com o estresse sozinha. Isso tornava tudo um milhão de vezes pior. Respirou fundo e sentiu as guelras vibrarem. Seu estômago se embrulhou de medo, mas, mesmo assim, ela forçou as palavras.

— Tá bem — cedeu, enquanto mexia no cachecol. — Eu vi algo, mas não foi um fantasma.

— Não foi um fantasma? Bem, menos mal, né?

— Não, foi uma bruxa. E não uma bruxa qualquer. Era uma bruxa do mar.

Shelly esperou que Enrique começasse a rir, que a chamasse de louca ou zombasse dela.

Mas ele não fez nada disso. Só olhou para ela.

— Puxa, uma bruxa do mar de verdade? Ela te concedeu um desejo?

Os olhos de Shelly quase saltaram das órbitas.

— Espera, como você sabe disso?

— Não me diga que você nunca ouviu os antigos contos de fadas? — ele perguntou.

— Contos de fadas?

— Escuta, minha família é antiga na Baía de Tritão. Meu avô costumava nos contar todos os tipos de histórias bizarras antes de dormir quando éramos crianças. Ele era pescador — Enrique explicou.

— E algumas tinham a ver com uma bruxa do mar? — Shelly adivinhou.

— Sim — Enrique concordou —, mas eu não sabia que ela era real.

— Ah, ela é muito real, pode acreditar — Shelly disse, trêmula. — E ela me concedeu um desejo. Parece idiota, mas eu queria me tornar a nadadora mais rápida. — Em um ato reflexo, ela olhou para o horizonte perdido no oceano. As águas se agitavam com ondas negro-azuladas. Será que Úrsula podia ouvi-la?

— Foi isso que aconteceu quando você caiu no oceano? — Enrique perguntou.

Shelly concordou com a cabeça, respirando fundo para acalmar os nervos e, em seguida, tirou o cachecol, revelando suas guelras em toda sua glória. Esperava que Enrique sentisse nojo e recuasse, como Kendall fez quando viu sua mão.

Em vez disso, ele estudou o pescoço da menina, fascinado. Examinou as fendas e observou como se abriam quando Shelly respirava. Não disse nada por um longo momento. Shelly começou a se arrepender de ter revelado as guelras.

— Eu sabia que você gostava do mar, mas isso... — ele disse finalmente, e Shelly revirou os olhos. A voz de Enrique sumiu, mas, então, seus olhos brilharam. — Isso é o que eu penso que é?

— Sim — Shelly disse.

— E... funcionam? — Enrique perguntou.

— Hã, sim — Shelly respondeu, com vergonha. — Eu consigo respirar debaixo d'água. Descobri no treino de natação. Ainda levanto minha cabeça pra respirar, como todo mundo. Mas não preciso.

— Que incrível! Você tem um superpoder de verdade. Que animal!

— Sim, acho que não tinha pensado dessa forma. E não é só isso. — Shelly tirou as luvas, os sapatos e as meias. Abriu os dedos das mãos e dos pés e exibiu a membrana delicada que se estendia entre seus dedos.

— Uau! — Enrique arregalou os olhos. — Não era brincadeira.

Então, ele sorriu e fez algo inesperado: correu pela passarela, mergulhou no oceano e soltou um grito de alegria ao cair na água.

Shelly se lembrou de como a onda a varrera para o mar da última vez que estivera ali, então correu pela passarela e olhou para as ondas espumosas. Não havia sinal de Enrique. O coração de Shelly disparou. E se ele não aparecesse? Mas, de repente, ele emergiu na superfície.

— Eu amo a natureza! — Ele mergulhou e reapareceu. — Vem, garota-peixe! — ele chamou, espirrando água em Shelly. — Vamos ver o que você pode fazer!

Shelly hesitou. Da última vez que caíra da passarela, quase tinha se afogado. Mas aquilo havia acontecido por causa de uma onda enorme. Shelly sabia, agora, que tinha sido um evento sobrenatural. E, no momento em que aquilo acontecera, não tinha superpoderes especiais, como Enrique havia chamado. Mergulhou na água e sentiu o estalo gelado da superfície ao atingir o mar, e, em seguida, o toque reconfortante da água em sua pele e em suas guelras. Nada era melhor — ou mais natural — para ela. Shelly nadou até o fundo, depois voltou para a superfície. Emergiu das águas, tal qual um golfinho, saltou para fora e, em seguida, mergulhou novamente. Um grupo de golfinhos nadou e juntou-se a eles em sua diversão subaquática, nadando em torno de Shelly e cutucando-a. Enrique observava, estupefato.

Ela ficou submersa por um longo tempo, depois emergiu atrás dele.

— BÚ!

Ele se assustou e então sorriu.

— Te ver nadar desse jeito... uau, é incrível.

— Não está assustado? Não sente nojo de mim?

— Ok, para ser honesto — ele respondeu, boiando na água ao lado dela —, estou um *pouquinho* assustado. Não é todo dia que a gente conhece alguém meio humano, meio peixe, né? Mas com nojo? De jeito nenhum!

— Sério?

Ele confirmou com a cabeça.

— É a coisa mais legal que eu já vi.

— Ai, tá mais pra um pesadelo horrível — Shelly bufou.

— Pesadelo? Você pode respirar debaixo d'água. E provavelmente nadar mais rápido também.

— Sim, eu humilhei as outras nadadoras na última disputa e quebrei o recorde oficial.

— Sério?

Shelly fez que sim e lembrou-se da vitória, pela primeira vez animada com isso.

— Quando eu mergulhei na piscina, me senti em casa. Foi a sensação mais incrível do mundo... — Sua voz falhou.

— Algo me diz que tem uma pegadinha nisso aí.

— É uma longa história — ela disse. — Basicamente, se eu não ajudar a bruxa do mar a roubar o tridente da exibição principal, tudo isso vai ser permanente. Vou me transformar em um peixe *para sempre.*

Enrique ficou chocado, enquanto absorvia a informação.

— Peraí... o tridente? Por que ela quer aquela coisa velha? É melhor me contar a história toda. Do início. Não esconda nada.

Eles nadaram até a praia e caminharam de volta para o aquário. Shelly contou tudo o que aconteceu, desde o início: quando jogou o copo no oceano. O nautilus e o pesadelo. O desejo e a assinatura do contrato, e quando acordou com as guelras. Quando terminou, Enrique a analisou.

— Puxa, que história maluca.

— Você não acredita em mim.

— Ah, não, acredito sim — ele declarou, apontando para as guelras. — É doida demais pra você ter inventado. E depois, como eu disse, já ouvi falar da bruxa do mar. Só não sabia que as histórias eram reais.

— Espera, é isso! — Shelly disse, empolgada. — Talvez as histórias possam nos ajudar.

— É verdade, há um antigo mito sobre ela. Meu avô falava sobre isso. Ele dizia que ela assombrava marinheiros perdidos em tempestades...

— Mais alguma coisa? — Shelly perguntou.

Talvez ele soubesse um jeito de ajudar Shelly sem que ela precisasse pegar o tridente, mas Enrique sacudiu a cabeça.

— Foi há muito tempo... Não me lembro de muita coisa, desculpe.

— Tudo bem — ela disse, mas se sentiu devastada. — Obrigada mesmo assim.

— Mas tenho uma ideia — Enrique emendou e voltou a animar o clima. — Tem uma biblioteca especial na faculdade particular, com muitas histórias sobre a Baía de Tritão. Livros antigos, documentos originais. Meu irmão me falou disso. Talvez possamos fazer alguma pesquisa.

— Isso é muito *nerd* — Shelly disse e cutucou Enrique. — E muito animal também!

— Muito animal — ele falou, enquanto fazia um joinha.

— Talvez possamos descobrir mais sobre a bruxa do mar... — Shelly mordeu o lábio — ...e por que ela quer tanto aquele tridente. Ela disse que seu nome era Úrsula. Não confio nela. Nem um pouco.

Enrique concordou.

— E talvez possamos encontrar um jeito de impedir que você se transforme em um peixe. Quer dizer, eu amo peixes e tal, mas você é um belo exemplar de ser humano...

De repente, o vento aumentou. Um raio atingiu o mar. Brilhou com uma luz esmeralda — uma luz *sobrenatural.* Shelly esperou pelo estrondo profundo do trovão que sempre acompanhava os relâmpagos. Mas o que ouviram foram *gargalhadas* que ecoavam das ondas. Gargalhadas que ficavam cada vez mais altas.

— Você ouviu isso? — Enrique perguntou, olhando para o oceano. — O que é que foi isso?

Shelly engoliu em seco e teve uma sensação de mal-estar no estômago.

— É a bruxa do mar. Ela deve ter ouvido a gente.

Eles se afastaram da água. A risada foi ficando cada vez mais distante, até desaparecer. Mas era inconfundível. E, pela primeira vez, Shelly tinha uma testemunha. Isso significava algo importante.

Não estava sonhando.

Era real.

— Precisamos fazer alguma coisa — Enrique disse. Ele parecia muito assustado.

— Sim — Shelly analisou suas mãos. — Não sei o que exatamente, mas precisamos agir rápido.

15 ANZOL, LINHA E CHUMBADA

— Você entendeu? — Shelly perguntou a Enrique quando ele apareceu de bicicleta no aquário na manhã seguinte.

Nervosa e com medo, Shelly correu o máximo que pôde para encontrar Enrique. Quando acordara naquela manhã, ela percebera que sua pele tinha começado a assumir um brilho esverdeado. Escamas começaram a aparecer em seus braços, delicadas e lisas como as de um peixe. Tinha vestido mangas compridas para esconder as escamas, e deixara as mangas puxadas até em cima das mãos. Não tinha muito tempo. Estava tensa. Se Enrique falhasse no que dissera que ia fazer, Shelly não sabia o que mais poderiam tentar.

— Missão cumprida — Enrique disse com um sorriso e uma piscadela, pegando o cartão do bolso de trás e o entregando para Shelly. O cartão de identificação mostrava o rosto cheio de espinhas de seu irmão, Miguel. Uma franja irregular caía sobre seus olhos castanhos. Tinha ALUNO impresso sobre o brasão da Faculdade da Baía de Tritão, que mostrava um tridente e uma sereia.

— É a nossa entrada para a biblioteca de Ciências da faculdade, com os arquivos especiais da Baía de Tritão — Enrique disse.

— Mas precisamos nos apressar antes que meu irmão perceba que eu peguei.

— Espera, você não contou pra ele? — Shelly perguntou.

— Hã, que eu precisava pegar emprestado pra minha amiga que está se transformando em um peixe porque ela fez um pacto péssimo com a bruxa do mar? Acho que quanto menos ele souber, melhor.

— Belo argumento — Shelly sorriu.

— Olha, ele vai trabalhar aqui por mais algumas horas. Então, quanto antes voltarmos, melhor.

— O que estamos esperando? Vamos! — Eles pegaram as bicicletas e Enrique acelerou. Shelly estava prestes a ir atrás dele quando duas outras figuras em bicicletas apareceram a distância, disparando no caminho. Um minuto depois, derraparam até parar ao lado de Shelly, espalhando areia. Shelly olhou, assustada.

— Attina? Alana? O que estão fazendo aqui?

As gêmeas trocaram olhares conspiratórios.

— Bem, você tem agido de um jeito muito esquisito ultimamente — Alana disse com um sorriso malicioso. — Tipo, quando você saiu correndo do vestiário toda surtada depois da última disputa. E Kendall contou uma coisa pra gente.

— É, que você trapaceou — acrescentou Attina. — Ah, e que talvez você esteja se transformando em um peixe.

— Sim, ela contou sobre as membranas nas suas mãos. O que explicaria seus superpoderes de natação — Alana acrescentou. — Não é preciso ser um biólogo marinho pra sacar o que tá acontecendo. Quer dizer, tudo isso é meio bizarro, né?

— Então, decidimos te seguir — Attina disse, compartilhando um olhar culpado com sua irmã gêmea. — Quer dizer, a gente ficou preocupada. Você é nossa amiga, certo?

— Mas... E quanto a Kendall? — Shelly gaguejou. — Ela me odeia agora.

Attina revirou os olhos e suspirou profundamente.

— Olha, a gente nunca gostou muito dela. Você não é a única que ela intimida e a quem dá ordens, sabe?

— E a gente tá de saco cheio disso — Alana acenou com a cabeça.

— Além disso, somos suas amigas — Attina disse. — Amigas cuidam umas das outras.

Enrique voltou até Shelly, freando a bicicleta. Sorriu quando viu Shelly com as amigas.

— Ah, foi por isso que você se atrasou?

As gêmeas sorriram e piscaram os cílios para ele.

— Minhas *amigas*... — Shelly sentiu uma onda de gratidão. — Elas vieram nos ajudar.

— Quanto mais, melhor — Enrique disse. — Precisamos de toda a ajuda possível.

A Faculdade da Baía de Tritão ficava localizada do outro lado da baía, exatamente na região oposta ao aquário, no topo de um penhasco íngreme com vista para o mar. As ondas batiam violentamente contra a inclinação empinada e rochosa. Shelly ficou tonta só de olhar para baixo. Eles estacionaram suas bicicletas e atualizaram Attina e Alana sobre a situação incomum.

— Uma bruxa do mar de verdade? — Attina perguntou. — Como nas velhas histórias?

— Sim, as velhas histórias não são apenas histórias — Shelly disse e removeu o cachecol para mostrar as guelras às amigas. — Na verdade, são bem reais.

As gêmeas olharam em choque, mas o susto rapidamente se tornou fascinação.

— Nossa, isso é muito legal! — Alana disse. — Gente, que maneiro! É muito melhor que o treino de natação.

Estudantes universitários circulavam pelo campus, carregando bolsas cheias de livros e laptops, enquanto gaivotas e pelicanos voavam acima e mergulhavam do penhasco até o mar em busca de comida. A faculdade era famosa por seu departamento de Biologia Marinha. Shelly sempre sonhara em frequentar a faculdade quando fosse mais velha. Sentindo uma pontada de ansiedade, puxou as mangas mais para baixo. Nunca imaginara que sua primeira visita à biblioteca de Ciências seria... desse jeito.

Enrique olhou ao redor para se certificar de que ninguém estava por perto. Os estudantes estavam ocupados demais correndo para as aulas para se preocuparem com algumas crianças de moletom que eram jovens demais para estarem matriculadas. O grupo correu pelo campus até a biblioteca de Ciências, um edifício moderno e elegante de dois andares. Shelly se virou para Attina e Alana:

— Vocês duas esperem aqui fora e fiquem de olho, ok?

— Mandem uma mensagem se alguém suspeitar — acrescentou Enrique. — Ou se virem o meu irmão. Espero que ele não perceba que roubei seu cartão de identificação e venha me procurar.

— Deixa com a gente! — as gêmeas disseram juntas, ao se acomodarem em um banco próximo. Elas tiraram livros de suas mochilas e tentaram se misturar aos alunos da faculdade.

Satisfeito com o fato de as vigilantes estarem posicionadas, Enrique passou a identidade do irmão pelo escâner na porta. Shelly olhou para o oceano, onde parecia que uma tempestade se formava. Prendeu a respiração, rezando para que o cartão de identificação funcionasse.

— Anda, abre — disse baixinho. — Antes que Úrsula perceba o que vamos fazer. Ela não vai gostar.

Depois do que pareceu uma eternidade, o escâner finalmente apitou e ficou verde.

Após um clique, a porta se abriu. Enrique também olhou para o oceano.

— É, aquela tempestade não parece natural.

— É ela — Shelly disse, em tom sombrio.

— Vamos, depressa. — Enrique abriu a porta e os dois entraram. A dupla foi atingida pelo frio artificial do ar-condicionado. O corredor estava bem iluminado, mas isso só piorava a situação. Eles não deveriam estar ali.

— Por aqui — Enrique disse e pegou na mão da parceira. Sua pele escamosa era sensível. O toque provocou um arrepio na espinha de Shelly. Ele a puxou pelo corredor. Placas nas paredes apontavam para os arquivos. Eles chegaram a uma porta com uma placa que dizia:

ATENÇÃO
APENAS ALUNOS E FUNCIONÁRIOS PERMITIDOS

Ao ler o texto, Shelly sentiu um embrulho no estômago. Olhou para o corredor, mas estava deserto.

— Agora é tudo ou nada — disse Enrique, e passou o cartão de identificação do irmão no escâner.

Ouviram um bipe e a porta abriu para a biblioteca. Eles entraram e passaram direto pela recepção, antes que alguém pedisse as identidades. Felizmente, o bibliotecário catalogava alguns livros e estava ocupado demais para perceber o movimento dos dois. A biblioteca cintilava com os fachos de luz derramados dos lustres pendurados no teto. As janelas se estendiam por toda a parede, com vista para o mar. Era uma ala inacreditável, construída com painéis de madeira antigos e repleta de prateleiras cheias de livros, do chão ao teto.

Alguns alunos, absortos em suas pesquisas, debruçavam-se sobre os laptops em mesas forradas com pilhas de livros. A sala estava envolta em silêncio.

Era bizarro. Ouvia-se apenas o *tac-tac-tac* dos dedos nos teclados.

— Vem comigo, rápido — Enrique sussurrou, ao puxar Shelly em direção ao fundo da biblioteca.

Eles atravessaram fileiras e mais fileiras de prateleiras. Quanto mais iam para o fundo, mais fraca a luz ficava e mais empoeiradas as pilhas de livros se tornavam. Shelly espirrou duas vezes em rápida sucessão. Havia pouco movimento nessa parte da biblioteca, como se ninguém tocasse nessas prateleiras há séculos. Enrique parou diante de outra porta com um letreiro em bronze:

ARQUIVOS HISTÓRICOS DA BAÍA DE TRITÃO

— É isso — Enrique disse e passou o cartão de identificação no escâner.

A porta bipou e destrancou. A sala estava escura, mas, no segundo em que entraram, um sensor acionou as luzes. Shelly sentiu cócegas no nariz e vontade de espirrar novamente. Aquela sala cheirava ainda mais a poeira e papel velho. O cheiro do *passado.* Os livros ali eram muito mais antigos do que os livros no resto da biblioteca. Havia mesas que exibiam livros protegidos por redomas de vidros espessos, com mapas da Baía de Tritão. Shelly correu os dedos sobre os vidros, na tentativa de absorver as belas imagens. Pareciam desenhadas à mão.

Ela seguiu Enrique até uma mesa com computadores marcados com ARQUIVOS DIGITAIS. A tela exigia um usuário e senha. Shelly franziu a testa ao ver o cursor, que piscava.

— Como vamos fazer o login?

Enrique arqueou a sobrancelha e sentou-se na frente do computador. Seus dedos voaram sobre o teclado. Ele digitou a inicial do primeiro nome do irmão e o sobrenome e, em seguida, digitou uma senha.

— E lá vamos nós — ele disse, ao apertar ENTER.

Ambos prenderam a respiração.

Um segundo depois, a tela de senha se desfez e revelou uma aba de pesquisa. Shelly olhou para Enrique, impressionada:

— Você consegue hackear computadores?

— Ah, quem me dera! — disse com um sorriso malicioso. — O Miguel usa a mesma senha pra tudo.

— Irmãos... — ela disse ao acenar a cabeça. — Ruim com eles, pior sem eles.

Voltaram a se concentrar no monitor. Enrique digitou alguns termos de pesquisa: *bruxa do mar, Baía de Tritão, mitos, marinheiros.* O ícone de pesquisa girou. Alguns segundos depois, a tela foi inundada por resultados, que tomavam conta do monitor inteiro. Shelly leu tudo com pressa. Seu coração deu um salto quando viu o título de um dos documentos arquivados:

A BRUXA DO MAR E O TRIDENTE

— Clica naquele — ela disse, ao apontar para o arquivo. Enrique obedeceu.

Parecia ser um antigo conto de fadas da Baía de Tritão. Ambos examinaram a história e leram o texto escrito à mão digitalizado e arquivado no banco de dados on-line. Shelly leu em voz alta:

— "Era uma vez um poderoso tridente que pertencia ao Rei Tritão. O objeto lhe concedia o poder de controlar o oceano e todas as criaturas marinhas. Quem quer que possuísse o tridente tornar-se-ia a criatura mais poderosa do mar, capaz de levar o caos ao mundo acima, se assim desejasse. É por isso que a bruxa do mar disporia de todas as artimanhas para obtê-lo. Uma noite, ela tentou matar o Rei Tritão e roubar o tridente. O rei, porém, a derrotou em uma grande batalha naval e diminuiu o poder da bruxa. Ele sabia que ela não era confiável, então usou o tridente para lançar um poderoso feitiço que a confinava à Baía de Tritão. Assim, a baía se tornou a prisão da bruxa, onde ela viveria o resto de seus dias."

— Bem, agora descobrimos — disse Enrique. Shelly acenou positivamente diante do monitor:

— Olha, tem mais.

Enrique leu:

— "Mas o rei ainda não estava satisfeito. Ele lançou um feitiço no tridente para impedir que caísse em mãos erradas e o escondeu em um lugar seguro. De acordo com as lendas, ninguém sabe exatamente onde está escondido."

— Até agora — Shelly disse, ao erguer os olhos do computador.

— Faz sentido, né? — Enrique pensou por um momento. — A bruxa do mar não pode sair da baía. O aquário fica em terra firme. Então, ela não pode pegar o tridente.

— Esconder o tridente à vista de todos é uma camuflagem perfeita — disse Shelly.

— Sim, é brilhante — Enrique concordou. — Todo mundo pensa que é só um acessório falso do aquário.

— Então, é por isso que a bruxa do mar quer o tridente? — disse Shelly, indicando uma linha do texto. — Para romper a maldição e escapar da baía?

— Talvez, mas pode ser mais sinistro do que isso. — Enrique apontou para outra linha do texto. — Se ela pegar o tridente, será capaz de controlar o oceano e todas as criaturas que nele vivem. Imagine o que a bruxa do mar poderia fazer com esse tipo de poder. Você mesma disse que não confia nela.

— Tem razão. Seria devastador... — A voz dela diminuiu. Os dois estavam com medo. Shelly arregaçou as mangas, revelando suas escamas verde-prateadas. — Mas o que eu posso fazer? Estou me transformando em um peixe. É a única maneira de desfazer a maldição.

Enrique parecia inquieto. De repente, as luzes piscaram. Ambos olharam ao redor. O vento soprava do lado de fora das janelas e relâmpagos cintilavam no céu, caíam do alto e atingiam o mar. As luzes da biblioteca piscaram novamente, como se fossem apagar a qualquer momento.

O telefone de Shelly tocou, e ambos se assustaram. Ela pegou o aparelho e mostrou a Enrique:

NOVA MENSAGEM

De: *ATTINA*

A TEMPESTADE ESTÁ PIORANDO! TEM ALGO ESTRANHO BRILHANDO NA ÁGUA! ANDEM LOGO, POR FAVOR!!!

— Isso não parece nada bom — Shelly sussurrou. Com medo, aproximou-se da janela e pressionou as mãos contra o vidro. No penhasco abaixo, as ondas na baía se agitavam e aumentavam de forma anormal. Nuvens cinzentas e espessas giravam e se acumulavam acima, pulsando com relâmpagos. Um raio atingiu a água e causou um clarão brilhante. As luzes da sala ainda piscavam.

De repente, algo bateu no vidro, bem ao lado da cabeça de Shelly.

16
MERGULHO NOTURNO

Shelly se afastou da janela com um pulo.

O coração batia forte no peito como um tambor, enquanto sua respiração acelerava, o que fazia as guelras vibrarem sob o cachecol. O objeto ricocheteou no vidro. Era um copo de plástico.

Exatamente como o que ela havia jogado no oceano.

Mais copos de plástico, garrafas e canudos começaram a atingir o vidro. Não era uma tempestade normal — chovia lixo plástico por todo o campus. Como era possível? *Úrsula.*

Ao sentir outra onda de medo, Shelly se afastou do lixo arremessado contra a janela. Então, outro relâmpago caiu do céu e iluminou a Baía de Tritão. Em vez do trovão, gargalhadas ressoaram. A luz na biblioteca voltou a piscar e, desta vez, causou um curto-circuito no monitor do computador. A tela escureceu. Em seguida, uma por uma, as luzes nos arquivos se apagaram.

Shelly sacudiu Enrique.

— É Úrsula! Ela está chegando!

— Rápido, vamos dar o fora daqui — Enrique disse e imediatamente agarrou a mão de Shelly e a puxou em direção à porta.

Lá fora, a biblioteca inteira estava às escuras. Todas as luzes haviam apagado por causa da tempestade.

Eles correram pelas pilhas escuras e se esquivaram das estantes como se navegassem por uma pista de obstáculos. Mais relâmpagos pulsaram do lado de fora, iluminando a biblioteca, porém, em vez do estrondo de um trovão, novamente foram gargalhadas que soaram sobre a baía. De repente, livros começaram a cair das prateleiras na cabeça deles. Ambos tentaram desviar e correr mais rápido. Quando chegaram à entrada, Shelly olhou de volta para a biblioteca. Estava vazia. Isso a assustou quase mais do que qualquer outra coisa, porém, ao perceber que ela havia parado, Enrique agarrou a mão da amiga e puxou-a pela porta. Eles correram pelo corredor a toda velocidade e saíram do lado de fora.

— Aí estão vocês! — Attina disse, correndo até os amigos. Alana vinha logo atrás. Ambas pareciam assustadas. Imediatamente, a tempestade começou a diminuir, as nuvens recuaram e desapareceram.

— Como isso é possível? — Alana perguntou, o rosto completamente sem cor.

— Pois é, estava chovendo *plástico* — acrescentou Attina, trêmula. — E aqueles olhos brilhantes que estavam no oceano?

— Sim. É ela. Úrsula — Shelly confirmou. — Ela não queria que encontrássemos aquela história.

— Você tem razão — Enrique concordou com cara de assustado. — Ela quer aquele tridente... Não, ela *precisa* daquele tridente. É a única maneira de acabar com a maldição e escapar da baía.

— E ela está disposta a fazer qualquer coisa para pegá-lo — Shelly disse, com um embrulho no estômago.

Alana encarou Shelly com veemência.

— E você é a única esperança da bruxa.

— E se ela colocar as mãos nele... — começou Attina. As palavras dela pairaram no ar. Eles sabiam que a bruxa do mar se tornaria terrivelmente perigosa se escapasse de sua prisão aquática com o poder de todo o oceano a seu dispor. Shelly mordeu o lábio inferior. Inspirou e sentiu suas guelras tremerem.

— Mas, se eu não ajudar a bruxa do mar, vou me transformar em um peixe. *Para sempre* — ela disse.

O grupo se entreolhou por um momento longo e profundo. Enrique apertou a mão de Shelly. Ela olhou para a pele escamosa que aparecia por baixo da manga. Brilhava como prata na luz de um dia que chegava ao fim.

— A gente vai te ajudar — Enrique falou. — É só dizer o que a gente precisa fazer.

— Escutem, tá ficando muito perigoso — Shelly disse ao se virar para os amigos. — Se eu precisar de ajuda, mando uma mensagem. Mas acho que vocês deviam ir para casa. Eu vou ficar bem. Prometo. Não suportaria se algo ruim acontecesse com vocês. E obrigada pela ajuda. Significa muito. Mesmo.

Relutantes, as gêmeas concordaram e foram embora em suas bicicletas, deixando Shelly sozinha com Enrique.

Quando ela tentou dizer que ele também deveria ir, Enrique respondeu:

— Você não vai fazer isso sozinha.

— Resistir é inútil? — ela perguntou.

— Viu, você é uma verdadeira *nerd* — ele disse, com brilho nos olhos.

Shelly deixou a bicicleta na praia e seguiu Enrique por um longo cais que se estendia sobre a água escura. Eles precisavam bolar um plano para resolver as coisas com a bruxa do mar. Shelly ouviu o barulho das ondas e provou o gosto da água salgada em sua língua. Era como se ela caminhasse pelo contorno do universo. O oceano escuro parecia não ter fim.

— Tem certeza de que é seguro? — ela perguntou, olhando para fora do cais. O sal ficou acre em sua língua. Ao contrário de muitas pessoas, Shelly nunca tivera medo do oceano ou das criaturas misteriosas que jaziam sob a superfície. Mas tudo isso tinha mudado. Ela se assustava com cada onda que batia contra o cais, e imaginava que tentáculos negros poderiam disparar das profundezas e agarrá-la.

— Estamos fora da Baía de Tritão — Enrique explicou, com um sorriso maroto. — A bruxa do mar não pode sair da baía, lembra? Venho aqui às vezes quando preciso pensar ou ficar sozinho. Além disso, a vista é incrível! — Ele apontou para trás, em direção às luzes da pequena cidade litorânea.

Poucos dias antes, a cidade parecia idílica e segura, mas Shelly havia descoberto uma verdade mais sombria. A cidade era assombrada por uma presença malévola e sinistra aprisionada na baía.

— Acha que seu irmão percebeu que pegamos a identidade dele? — Shelly perguntou, enquanto seguia Enrique até a beirada do cais. Eles tinham devolvido a identidade à mochila do irmão de Enrique antes de irem até o cais.

— Duvido. Ele estava ocupado demais com os treinadores dos golfinhos.

— Eu nunca devia ter tentado mudar quem eu era. — Shelly olhou para as mãos enluvadas. — Foi um baita erro.

— Por que você fez isso? — Enrique perguntou, curioso.

— Eu não tinha nenhuma amiga quando mudei de escola. E ficar sem amigas é a *pior* coisa do mundo. Mas, daí, fiz algumas amizades. E acho que fiquei com medo de que, se eu não ganhasse a disputa de natação, perderia minhas novas amigas.

— Foi por isso que você fez esse pedido?

— É, parece bobagem agora, mas eu queria impressionar a Kendall. Como eu disse, baita erro.

Enrique lançou um olhar amigável a Shelly e balançou a cabeça, com tristeza.

— Mas isso não é uma amiga de verdade — ele disse. — Amigas de verdade gostam de você exatamente do jeito que você é.

— Sim, aprendi isso do jeito difícil. — Os olhos de Shelly se encheram de lágrimas. — Enfim, o tiro saiu pela culatra. Kendall passou a me odiar ainda mais depois que a venci na disputa. Foi um baita desastre.

Pelo menos, Attina e Alana a haviam apoiado hoje. Shelly não tinha perdido tudo.

— Bem, eu sou seu amigo.

Shelly percebia que ele falava sério, mesmo que ela estivesse naquele estado bizarro, como um peixe gigante amaldiçoado.

De repente, ao longe, na Baía de Tritão, um raio de luz verde riscou o céu e atingiu o oceano — e, desta vez, ela viu uma imagem no clarão. Era Enrique — ele se encolhia lentamente e começava a se transformar em uma daquelas criaturas estranhas e patéticas presas no covil de Úrsula.

Shelly sacudiu a cabeça. A imagem era uma clara advertência da bruxa do mar para que Shelly não a traísse. E também sugeria outra coisa — algo muito pior.

Como ela temia, Shelly não era mais a única em perigo.

Enrique também corria grande risco.

— Vem, vamos voltar — ela disse, sentindo frio. Parecia que não havia mais lugares seguros.

— Então, qual é o plano? — Enrique perguntou, ao perceber o olhar assustado de Shelly enquanto voltavam para a praia.

— Amanhã — ela respondeu, sabendo que não tinha mais escolha. Não podia permitir que Enrique sofresse aquele destino horrível. Tinham que pegar o tridente. Não havia outro jeito. — Me encontre no aquário após o pôr do sol. E vamos pegar o tridente.

17

O TRIDENTE

O cartão de segurança extra tinha um chaveiro de espuma no formato de um peixe linguado amarelo e azul.

Shelly o roubara na noite anterior, de uma gaveta no escritório da mãe, em casa, e agora, com Enrique ao seu lado, pegou o cartão de segurança e colocou a chave na fechadura. Estava receosa com o novo sistema de segurança. Seu pai o mandara instalar após uma série recente de tentativas bizarras de roubo. A polícia havia deduzido que tinham sido adolescentes locais, mas Shelly pensava que podia ser algo muito mais sombrio — *Úrsula*. E se eles estivessem errados e ela *pudesse* sair da baía? O linguado de espuma balançou, Shelly prendeu a respiração e, então, se contorceu. Os pistões giraram, o que permitiu que a dupla entrasse no aquário escuro. Enrique fez um sinal de joinha.

— Bom trabalho.

Os dois percorreram a entrada lateral e seguiram o corredor até o salão principal. As luzes principais estavam apagadas, mas as exposições ainda estavam iluminadas com sua característica luz verde-azulada, que lançava sombras misteriosas pelo espaço cavernoso. O aquário era totalmente diferente depois do expediente, desabitado dos turistas que deixavam resíduos pegajosos para trás. Não havia crianças brincando de pega-pega, correndo pelas exibições, ou pressionando o nariz contra o vidro. Não havia pais exaustos perseguindo os filhos. Em vez disso, o local estava silencioso e sombrio. Nem os funcionários estavam lá. A bruxa do mar os observava; ela descobriria, caso falhassem. Não podiam permitir que isso acontecesse.

De repente, Shelly sentiu falta de ar, como se os pulmões não puxassem oxigênio suficiente. Enrique olhou para ela, assustado. Ele percebeu que ela estava com dificuldade para acompanhá-lo.

— Qual é o problema? — ele perguntou.

— Está... difícil... de respirar — ela disse com muito esforço, enquanto lutava por ar. Seus pulmões gritavam. — Parece que meus pulmões... pararam de respirar.

— Vem aqui, rápido! — Enrique a puxou em direção ao tanque mais próximo. — Tive uma ideia.

— O que... você vai fazer? — ela engasgou. — Aonde vai me levar?

— Talvez sejam as guelras — ele explicou, enquanto a conduzia a um pequeno tanque. — Peixes não respiram fora d'água, lembra? E você está se transformando em...

— Um peixe — ela completou, ao recordar do Sr. Bolhas zumbi, que disse: *Você vai mudar!*

— Apenas tente — Enrique disse e Shelly mergulhou a cabeça no tanque.

Assim que a água salgada penetrou nas guelras, foi como se ela conseguisse respirar novamente. Respirar de verdade. Aos poucos, seus pulmões pararam de gritar. Shelly levantou a cabeça com uma expressão assustada. Eles se encararam.

— Isso significa que...

— Não resta muito tempo — ela concluiu com um sussurro. A atenção de Shelly recaiu sobre a exposição principal montada no salão. O tubarão-de-recife disparou ao redor do tridente, circulando o navio pirata.

Enrique acompanhou o olhar.

— Como vamos pegar?

— Superpoderes, lembra? — ela disse, removendo o cachecol e as luvas, revelando as mãos, que agora pareciam mais de peixe do que de um humano.

— Está evoluindo rápido, hein? — Enrique disse. — Suas mãos não estavam assim ontem.

Shelly concordou com um aceno de cabeça.

— Mais rápido do que antes.

Seus pulmões se contraíram; estava com falta de oxigênio.

— Vamos — ela disse e puxou Enrique na direção da exposição principal, na área exclusiva para funcionários. — Preciso me apressar e entrar no tanque, ou terei dificuldade para respirar de novo.

Eles desceram as escadas que levavam até as entranhas da exposição, aonde poucos tinham permissão de ir. Lá, era como um ambiente industrial e, à noite, quase sinistro. O espaço nos bastidores consistia em andaimes de metal, escadas enferrujadas e outros equipamentos. Shelly conduziu Enrique até uma escada que subia ao lado da exposição principal. A luz do tanque pairava sobre a dupla enquanto subiam a passarela que cruzava o tanque. Shelly olhou para as águas ondulantes, iluminadas pela luz artificial. Havia tubarões no tanque, mas ela não sentia medo.

— Sabe, tem algo me incomodando — Enrique disse, preocupado. Ele se equilibrava na passarela ao lado dela, cambaleando.

— O quê? — Shelly abriu o zíper do moletom, revelando seu traje de mergulho por baixo.

— Parece até que a bruxa do mar sabia que a maldição que ela jogou em você a ajudaria a conseguir o tridente. Porque é fácil para você nadar no tanque. É como se fizesse parte do plano dela.

— Talvez você tenha razão... — Shelly engoliu em seco.

— Ela é má... e muito esperta — Enrique disse, balançando a cabeça. — Ela te enganou.

— Pega. — Shelly entregou uma máscara de oxigênio e nadadeiras para Enrique. — Já que você não tem superpoderes como eu e tal.

Ele riu e colocou a máscara. Shelly ligou o oxigênio. Enrique fez outro joinha. Então, desceram ainda mais a passarela. Era escorregadia e estreita. Shelly nunca tinha nadado dentro da exibição principal. Era perigoso, por causa dos tubarões e outros animais, sem falar dos perigos de mergulhar com um tanque de oxigênio. Para fazer isso, era necessário ser um profissional bem treinado, mas, no caso de Shelly, era praticamente como se fosse uma. Eles pairaram sobre o navio pirata. Shelly conseguia ver através da água ondulante.

— Bora lá — ela disse e mergulhou no tanque sem espalhar muita água.

Enrique pulou atrás e causou uma agitação de bolhas ao acertar a superfície. Ele era mais desajeitado na água por causa do equipamento, mas ela era praticamente um peixe agora.

Shelly atravessou o tanque, ultrapassou o navio e chegou até o baú de tesouros falso.

O tridente estava diante dela, enterrado na areia.

Enrique a alcançou. Sem pensar, ele estendeu a mão para agarrar o tridente, mas ela bateu na mão dele bem a tempo. Um raio elétrico foi disparado do tridente e quase o eletrocutou.

— Deixa comigo — ela disse e, de alguma forma, sua voz soou como se ela estivesse fora da água.

Ele concordou.

De repente, vozes de advertência soaram.

— *Não confie nela... ela mente!*

Shelly olhou para seus pés, que estavam quase completamente transformados em nadadeiras, e depois olhou para Enrique, recordando a ameaça da bruxa do mar de transformá-lo em uma das criaturas que viviam no covil. Precisava reverter a maldição. Precisava ajudar a bruxa do mar.

Agarrou o tridente.

Embora parecesse estar preso na areia, Shelly o removeu com surpreendente facilidade.

E não levou nenhum choque elétrico.

Então, de repente, as cracas caíram, revelando uma arma brilhante e dourada.

Ela sentiu que um grande poder emanava da antiga arma, mas também perigo.

De repente, os alarmes dispararam. Deviam ter sido acionados com a remoção do tridente. Tinham que sair de lá antes que a polícia chegasse. Enrique olhou assustado para a parceira. Juntos, nadaram para cima. Mas seu tubo de oxigênio ficou preso no navio pirata — e desplugou. Ele se debateu para se libertar, incapaz de respirar. Então, de repente, o tubarão-de-recife avançou em direção a Shelly.

O tubarão também parecia agitado. Como se algo tivesse tomado conta dele. Uma luz esmeralda sobrenatural brilhava nos olhos do animal. Seria parte do encanto para proteger o tridente?

O tubarão abriu as mandíbulas e mirou no tridente.

Shelly tentou nadar até Enrique para levá-lo à superfície, mas o tubarão se agarrou ao tridente com as mandíbulas enormes, tentando arrancá-lo das mãos de Shelly enquanto ela lutava para afastá-lo. Enquanto isso, Enrique lutava para chegar à superfície, mas Shelly temeu que ele não conseguisse sozinho. Ela poderia largar o tridente e salvar Enrique, mas, sendo assim, a maldição duraria para sempre.

Agarrou o tridente com mais força. *Por favor, me ajude,* ela pensou.

De repente, sentiu o poder emanar do tridente e explodir em uma erupção de luz verde que jogou o tubarão para longe. Mas o tubarão se recuperou — e disparou na direção de Enrique.

Shelly girou e nadou na direção do amigo, amparando-o pouco antes de o tubarão abocanhar seu torso. Mas ainda não estavam fora de perigo. O tubarão voltou e se preparou para atacar novamente.

Ela sentiu algo escorregar de seu bolso; era o nautilus. A concha caiu até o fundo da exposição, onde pousou na areia ao lado do baú do tesouro. Shelly começou a nadar até a concha, mas o tubarão avançou para cima deles novamente. Sem perder um segundo sequer, ela enganchou o braço em Enrique e nadou rápido até a superfície. Viu que os olhos dele estavam fechados. Enrique precisava de oxigênio imediatamente. O tubarão estava logo abaixo e começava a se aproximar.

Tentou nadar mais rápido, porém, mesmo com suas habilidades de peixe, Enrique e o tridente a atrasavam. Bateu os pés com mais força, sentindo suas nadadeiras arranharem a água. Finalmente, alcançou a superfície e subiu a escada, arrastando Enrique para a passarela com suas últimas forças. Naquele momento, a boca aberta do tubarão rompeu a superfície e passou a centímetros das pernas de Enrique.

O tridente caiu na passarela com um ruído metálico.

Os alarmes continuavam apitando, junto com as luzes de emergência, que piscavam no alto.

Shelly voltou sua atenção para Enrique.

— Anda! Acorda! — gritou, enquanto o sacudia. Ele a salvara uma vez. Ela não poderia falhar com ele.

Enrique tossiu, depois se virou e cuspiu água salgada, ofegando e respirando profundamente.

— Ai, graças aos sete mares — Shelly disse, aliviada. — Você me assustou!

— Conseguiu? — Ele tossiu novamente.

— Sim. Mas acho que os alarmes foram ativados porque entramos aqui depois do horário. Precisamos fugir!

Shelly ajudou Enrique a se levantar, e ele cambaleou pela passarela.

A dupla correu para a entrada enquanto os alarmes soavam, porém, quando chegaram à porta, elas não abriam. Shelly experimentou as chaves e o cartão de segurança. Nada funcionou.

— Estamos presos. Deve ser uma medida de segurança — Enrique disse. — Provavelmente está alertando as autoridades.

— Ou meus pais. — Shelly engoliu em seco, sentindo que estava ficando sem tempo. Seus pulmões clamavam por oxigênio agora que estava fora do tanque. Tudo piorava rápido demais. Não podia correr o risco de ficar presa ou ser descoberta pelos pais. A dupla não tinha muito tempo para levar o tridente até o covil de Úrsula.

Seriam encontrados a qualquer momento. E, então, seria tarde demais.

— O que vamos fazer? — ela engasgou. Não podiam fugir por onde tinham entrado. A cada segundo ficava mais difícil respirar. Sua mente estava lenta. Ela agarrou o tridente com força.

— E a concha? — perguntou Enrique. — A que te leva até o covil da Úrsula?

— Eu deixei cair no fundo do tanque, quando o tubarão nadou pra cima de você.

Ambos olharam para o tanque. O tubarão circulava a concha. Não podiam correr o risco de voltar para a água — o tubarão os atacaria novamente. E, desta vez, talvez não tivessem tanta sorte. Shelly e Enrique se entreolharam. Ela percebeu que ambos pensavam a mesma coisa.

E agora?

18
A ÚLTIMA GOTA

Os alarmes continuaram a soar no aquário.

Shelly olhou para Enrique; ele parecia estar com medo. Desesperada, tentou pensar em outra saída — mas eles estavam presos.

Uma gargalhada irrompeu do aquário, acompanhada pela voz da bruxa do mar.

— *Não falhe, minha cara! Seu tempo está quase acabando! Agora, traga-me o tridente!*

Shelly teve uma nova visão de Enrique como um pólipo marinho.

— Não! — ela gritou. Foi quando teve uma ideia maluca. Agarrou a mão de Enrique enquanto segurava o tridente com a outra. Podia sentir o poder que emanava da arma. — Para o deque! É nossa única saída!

Eles correram para o outro lado, dispararam escadas acima e saíram no deque. O vento soprava do oceano. Os golfinhos nadavam agitados em seu tanque. Sabiam que havia algo de errado.

Acima, uma tempestade se formava — e não uma tempestade qualquer; era uma tempestade sobrenatural. Um relâmpago brilhante pulsou no céu escuro e iluminou as nuvens, enquanto o oceano ficava cada vez mais turbulento. À distância, Shelly viu os dois olhos amarelos das moreias sob a água escura. Eles nadaram em direções opostas. A bruxa do mar os observava.

— Vamos — ela disse e correu com Enrique para a passarela sobre o oceano aberto. Era o mesmo local onde ela tinha deixado cair o copo de plástico por insistência das amigas. Era também onde havia sido derrubada pela onda gigante.

Cometi um erro grave ao jogar lixo no mar, pensou. *Sinto muito.*

Shelly aprendera a lição. E como aprendera. Jogar lixo no oceano era errado. Se tivesse feito a escolha certa e não cedido à pressão das colegas, nada disso teria acontecido. Só torcia para ainda ter tempo de consertar as coisas.

As ondas batiam na passarela e espirravam água salgada nos dois. Shelly sentiu o gosto em sua língua e respirou o ar em seus pulmões. Segurou o tridente na mão e contemplou o oceano escuro, agitado por ondas violentas. O vento aumentou, tornando o mar ainda mais turbulento. Shelly podia sentir o poder do tridente fluindo por seu corpo. Lembrou-se do que tinha feito com o tubarão.

— Rápido, mergulha! — Enrique disse, parado ao lado dela na passarela. A chuva e o vento batiam em seu rosto e corpo. — Nade até o covil. Leve o tridente. É a única maneira de acabar com isso.

Shelly queria... mas algo a impedia.

— Não, é perigoso demais. Eu não posso entregar o tridente à Úrsula.

— Como assim? — O medo raiou nos olhos de Enrique. — Você não tem escolha!

— Você viu o que isso fez ao tubarão? — ela respondeu, enquanto o vento fustigava seu rosto. — Se dermos o tridente para Úrsula, ela vai usá-lo para fazer coisas ruins... coisas terríveis a todos.

Enrique olhou para a Baía de Tritão — o único lugar que sempre chamaram de lar, com todas as pessoas que moravam ali — e, depois, encontrou o olhar de Shelly. Ela parecia séria.

— Você tem razão... mas, se não fizer isso, não vai reverter a maldição. Vai se transformar em um peixe para sempre.

O medo se apoderou de Shelly. Ficou desesperada com a ideia de se transformar em um peixe, de deixar sua família e amigos, e sentiu uma pontada de dor no coração. Contudo, se entregasse o tridente para a bruxa do mar, Úrsula teria o poder de machucar todos que ela amava — sua mãe e seu pai; Dawson; Enrique e seu irmão, Miguel; Sr. Aquino; Attina e Alana. Até Kendall e Judy Weisberg.

Não podia permitir isso. Já havia cometido um erro antes — jogar lixo no oceano tinha sido errado, pois havia permitido que outras pessoas tomassem decisões por ela —, mas agora faria uma escolha melhor, mesmo que isso lhe custasse tudo.

Esta era sua chance de consertar o que havia feito.

Shelly desceu da passarela e recuou da água, com o tridente em mãos.

— Não posso entregar isso a ela! — Shelly gritou para o vento e para a chuva. — Tenho que fazer o que é certo e proteger as pessoas da Baía de Tritão, como meus pais. Eu fui egoísta antes. Não posso cometer o mesmo erro de novo.

Enrique fitou Shelly e sustentou seu olhar mais uma vez. Ele parecia preocupado, mas conseguiu forçar um sorriso tímido. Shelly percebeu que ele sabia que ela tinha razão, mesmo que isso lhe custasse algo importante também.

— Eu sempre soube que você era especial... — ele começou.

Mas então um tentáculo negro avançou para fora do oceano e se enrolou no peito de Enrique. Os olhos do rapaz se arregalaram de medo; o tentáculo o arrancou da passarela e o arrastou para o oceano.

Antes de ser engolido pelas ondas, Enrique cravou os olhos em Shelly e gritou.

E, então, desapareceu.

19
PEIXE FORA D'ÁGUA

Shelly tentou segurar Enrique, mas era tarde demais.

O tentáculo o puxou para debaixo da água. *Úrsula.*

Shelly mergulhou atrás do amigo. Precisava salvá-lo. Assim que caiu nas águas, suas guelras puxaram líquido e beberam com gratidão. A adrenalina bombeava suas veias enquanto seu coração martelava no peito. A imagem de Enrique se transformando em um pobre coração infeliz assaltou sua cabeça.

Não podia deixar a bruxa do mar machucar o amigo. Era ela quem havia cometido o erro. Enrique só queria ajudar. Avistou dois olhos amarelos brilhantes na água turva — as moreias. Não podia perdê-las de vista. Se tivesse sorte, as moreias a conduziriam ao covil de Úrsula. Só esperava que não fosse tarde demais para salvar Enrique.

Agarrada ao tridente, Shelly nadou bem rápido atrás das criaturas, mergulhando cada vez mais fundo na água gelada. As mãos e os pés com membranas a impulsionavam, enquanto as guelras processavam o oxigênio e permitiam sua respiração. A imagem de Enrique sendo agarrado pelo tentáculo negro e arrastado para debaixo d'água ecoava em sua cabeça. Ele não era como ela. Não podia respirar lá embaixo.

Finalmente, depois do que pareceu uma eternidade, avistou a entrada do covil de Úrsula: o exoesqueleto de algum tipo de criatura marinha gigantesca com a boca aberta e cheia de dentes afiados.

Shelly nadou pela entrada, novamente ignorando os protestos daquelas vozes misteriosas.

— *Não entregue o tridente!* — lamentavam. — *Ela se tornará muito poderosa!*

Algo agarrou suas pernas, mas Shelly se desvencilhou e continuou nadando.

— Sinto muito — ela sussurrou, sem saber com quem estava falando, ou se havia mesmo alguém lá. — Tenho que salvar meu amigo.

Quando Shelly adentrou o covil sombrio, seus olhos se fixaram na bola de cristal. Enrique estava desmaiado lá dentro. A princípio, temeu que ele estivesse morto, pois não se mexia.

A garota nadou até a bola de cristal e bateu do lado de fora. O vidro era muito forte. Shelly não seria capaz de quebrá-lo, mesmo se quisesse. A bola de cristal estava cheia de ar, e não água.

— Acorda, Enrique! — Ela bateu no vidro com mais força. — Não morra!

Ele permaneceu como estava, sem respirar. Mas, então, seu peito pareceu se mover.

Começava a recuperar o fôlego.

Mas Enrique estava em uma armadilha — era um prisioneiro.

— Úrsula, estou aqui! — Shelly gritou, virando-se para todos os lados, tentando localizar a bruxa do mar. — Fiz o que você queria. Peguei o tridente! Agora venha e mantenha sua promessa.

Ela ergueu a arma antiga, sentindo um raio de eletricidade percorrendo seu braço. O tridente fora infundido com *grande* poder, poder *antigo*, poder *perigoso*. Mas Shelly tinha que salvar seu amigo.

Era a única maneira.

Lentamente, uma enorme silhueta surgiu das sombras e se esgueirou pelo covil, iluminada pela luz da bola de cristal. A bruxa do mar finalmente se revelou em toda sua glória. Sua cabeça e torso eram humanos, mas a parte inferior de seu corpo era repleta de tentáculos negros como os de um polvo. Eles ondulavam ao redor dela, conferindo uma aparência ameaçadora à bruxa. Ela sorriu, exibindo os dentes brilhantes. Os lábios cintilavam com um batom vermelho-sangue, e ela tinha cabelos brancos espetados.

— Minha querida, você conseguiu — ela disse com uma gargalhada. — Eu sabia que seria capaz.

Shelly enterrou o tridente na areia, na frente da bruxa do mar.

— Pronto, é todo seu! Exatamente como você queria. Agora pegue e mantenha sua promessa. Me transforme de volta e liberte o meu amigo! Ele não tem nada a ver com isso. Ele é inocente!

Úrsula sorriu ao pegar o tridente. Assim que suas mãos agarraram a arma, um raio elétrico foi disparado e percorreu seu corpo. Os olhos da bruxa brilharam com luz amarela, enquanto faíscas elétricas emanavam dela.

Ela gargalhou de alegria.

— O feitiço de proteção está quebrado! Agora é meu... Todo meu!

A corrente do oceano ficou mais forte, agitando-se pelo covil. Shelly teve que se manter firme. Raios de eletricidade cintilavam, percorrendo toda a extensão do tridente dourado.

— Rápido! — Shelly gritou. — Desfaça a maldição! E solte o meu amigo!

Úrsula apontou o tridente para ela.

— Como quiser, minha querida!

Uma explosão de eletricidade partiu da extremidade trifurcada e atingiu Shelly no peito. Ela sentiu uma onda de dor pelo corpo inteiro, então recuou. Foi invadida por uma tremenda sensação de alívio.

A bruxa do mar mantivera sua promessa.

Shelly olhou para as mãos, esperando o feitiço fazer efeito. Mas ainda eram nadadeiras. As guelras ainda estavam lá. Sentia-as enquanto tremiam e absorviam a água. Em seguida, algo terrível aconteceu. Ela sentiu as pernas grudarem e se tornarem uma cauda.

Úrsula a encarou com um sorriso feroz, uma moreia enrolada em torno de cada braço.

— Você pertence a mim agora! — gargalhou, enquanto erguia o tridente na mão.

— Mas nós tínhamos um acordo — Shelly conseguiu dizer, com a voz estridente.

A risada de Úrsula era brutal, e a bruxa olhava para Shelly com pena. O branco de seus olhos brilhava na escuridão.

— Oh, minha querida, não é um acordo a menos que você assine um contrato. Caso contrário, está aberto para negociação.

— O que quer dizer? — Shelly gaguejou. Sua voz soava como a do Sr. Bolhas.

— Sem contrato, sem acordo!

— Você é uma mentirosa! Você me enganou!

— Oh, queridinha, não é uma mentira... É apenas uma negociação marinha — Úrsula disse com uma piscadela, desenrolando o contrato. A assinatura de Shelly brilhava em ouro. — Você é a nadadora mais rápida... *para sempre.*

Shelly abriu a boca para gritar, mas não saiu nada.

A última coisa de que se lembrava era de Úrsula segurando o tridente e sorrindo para ela.

— Ora, não se preocupe, minha querida. Você provou a sua utilidade.

Shelly queria gritar, mas apenas bolhas saíram.

— Tenho algo muito especial reservado para você — Úrsula disse.

TRIBUNA DA BAÍA DE TRITÃO

ABERTURA DE NOVA EXIBIÇÃO NO AQUÁRIO EM HOMENAGEM A SHELLY ANDERSON

Seis meses já se passaram desde que Shelly Anderson, estudante do ensino fundamental, desapareceu no dia da invasão ao aquário. O motivo do desaparecimento permanece um mistério, embora a polícia acredite que os dois eventos estejam relacionados.

Cartazes de PROCURA-SE, amarelados e castigados pelo tempo, ainda podem ser vistos em postes e edifícios por toda Baía de Tritão. Nem mesmo a promessa de recompensa de $ 10.000 resultou em pistas sobre o paradeiro de Shelly Anderson.

Esta semana, o desaparecimento foi oficialmente arquivado no estado da Califórnia como não solucionado.

Mesmo assim, em meio a tudo isso, o aquário da família de Shelly ainda resiste, elevando-se acima do oceano como um castelo. Hoje, uma ocasião especial atraiu a multidão.

Os pais da menina, proprietários do aquário, apresentaram-se diante da exibição principal com o filho mais novo, Dawson. A família carregava uma enorme tesoura. Atrás deles, uma fita turquesa com um grande laço estava esticada na frente do enorme tanque, que fora coberto com uma cortina.

Embora hoje tenha sido um dia para se lembrarem da filha desaparecida, foi também uma celebração do que estava por vir.

— Bem-vindos à inauguração da nossa atração principal recém-reformada — anunciou o Sr. Anderson, que sorria para a multidão. Ele segurava suavemente a mão da esposa. A Sra. Anderson falou em seguida:

— Apesar de estarmos tristes com o desaparecimento da nossa filha, ainda temos esperança de que ela voltará um dia.

— Um doador anônimo financiou esta nova exposição — prosseguiu o Sr. Anderson. — Hoje, nós a dedicamos a Shelly. Nós te amamos, querida. Sempre te amaremos. E esperamos que você volte para casa.

A multidão, melancólica, aplaudiu. A emoção na sala era palpável. Algumas das estudantes locais, provavelmente amigas de Shelly, choraram e enxugaram os olhos com lenços.

Uma garota, Kendall Terran, mais tarde afirmou: "Ela era a minha *melhor* amiga". Depois de soluçar por vários segundos, ela perguntou: "Escreveu o que eu disse? Tipo, *hashtag* melhores amigas. A propósito, sou capitã do time de natação".

Enquanto isso, outro amigo, um menino chamado Enrique, permaneceu ao lado do irmão mais velho. Ao ser questionado, ele não conseguia se lembrar de detalhes daquela noite fatídica. Foi encontrado na praia. É quase como se sua memória tivesse sido roubada.

Ele só sabe que a amiga se foi.

— Sem mais delongas... — o Sr. Anderson disse antes de cortar a fita com a família.

A cortina caiu.

Atrás deles, na exposição, uma estátua de bronze de Shelly fora instalada onde anteriormente havia um tridente. Um pequenino peixe verde disparou ao redor do rosto da estátua, e, depois, nadou até o vidro.

O peixe bateu contra o vidro e chamou a atenção do menino, Dawson.

Dawson carregava uma curiosa concha espiralada, uma lembrança, ele afirmou, que pertencia à irmã. A concha fora encontrada na parte inferior da exposição no dia em que ela havia desaparecido. Dawson pressionou o rosto contra o vidro espesso, olhando para o peixe.

— Ei, peixinho, quer ir para casa comigo e morar no meu aquário? — ele perguntou. — Mamãe, encontrei um novo bichinho de estimação!

A Sra. Anderson concordou com a cabeça e a família se abraçou. A cerimônia foi pacífica e terminou com convidados depositando flores junto ao vidro, enquanto mais um dia na Baía de Tritão chegava a um fim sereno.

AGRADECIMENTOS

Antes de mais nada, este livro é uma colaboração. Não existiria sem Eric Geron. Você é o melhor editor que uma escritora poderia desejar — e um ser humano fantástico. Estou emocionada por termos trabalhado juntos. E em algo *assustador.* Obrigada por criar esta arrepiante série de livros e por me escolher para escrevê-la. Como sempre, gratidão à minha agente literária, Deborah Schneider, por estar do meu lado; aos estúdios de Key West, por me concederem uma residência de escrita onde eu tive muitas das ideias que aparecem neste livro e onde pude canalizar a inspiração do oceano; e ao Vermont Studio Center e a meu amigo Joj, por me trazerem até Provença, onde revisei estas páginas. Também quero agradecer ao meu avô Robert Rogers, que prestou consultoria a Walt Disney para a música de *Fantasia* e outros projetos. Sei que estaria orgulhoso de mim. Por último, um agradecimento especial aos meus pais por me levarem para ver *Bambi,* o primeiro filme a que assisti, e que me inspirou a ter uma afinidade eterna com os filmes da Disney. E, sim, eu sempre gostei mais dos vilões da Disney. Escrever este livro foi a realização de um desejo de meu coração desde quando eu era uma criança que amava livros de terror. Espero que você goste desta série deliciosamente apavorante, caro leitor.